„Und immer träumte die Mantis einen Traum", so sagte man mir in der Wüste. „Und der Traum zeigte ihr, was sie zu tun hatte."

LAURENS VAN DER POST

TANZ DES GROSSEN HUNGERS

1975
HENSSEL VERLAG
BERLIN

Titel der englischen Originalausgabe
A MANTIS CAROL
übertragen von Michael H. Siegel

ISBN 3 87329 094 4

Verleger der englischen Ausgabe:
THE HOGARTH PRESS Ltd. London
Deutsche Rechte: Karl H. Henssel Verlag Berlin
Schutzumschlag: Förtsch-von Baumgarten
Satz und Druck: Saladruck
Bucheinband: Schöneberger Buchbinderei, beide in Berlin

Dem Andenken von Martha Jaeger und von MAT,
der meine Gefangenschaft teilte und dann
von neuem seinem Wandertrieb folgte,
unverbitterten Geistes, unversehrten Herzens.

INHALT

VORWORT

Dies ist eine wahre Geschichte, die gleichwohl seltsamer klingen mag als mancher Roman, denn zur Wahrheit gehören leider – in den Augen eines, der ihr dienen möchte – stets mehr als nur nüchterne oder statistische Fakten. Will ein Schriftsteller solch kaltem, leblosem statistischem Töpferton Leben einhauchen, gerät er unweigerlich dazu, sein Thema gleichsam alchemistisch zu behandeln, denn nach allem, was wir wissen, bleibt das Leben und sein Verlauf am Ende ein ebenso großes Mysterium wie es das am Anfang war. Mag unser Wissen sich noch so rasch bis an den Rand des Unbekannten ausweiten: aus dem Inneren des Geheimnisses wächst alsbald ein neuer Horizont hervor und zwingt das Erkannte, wiederum die gleiche respektvolle Distanz einzuhalten.

So ist nichts von der dieser Erzählung vielleicht anhaftenden Atmosphäre eines Mysteriums beabsichtigt oder erfunden, sie wurde mir vielmehr aufgezwungen von der Besonderheit des Lebensmusters, um das es in dieser Geschichte geht, und von meinem Bestreben, dieses anderen so lebendig darzustellen, wie es mir lebendig geworden war. Zwar habe ich mich bemüht, die Geschichte mit dem gebührenden Respekt vor den nüchternen und statistischen Fakten niederzuschreiben, dennoch ist ihr wegen der Grenzen, an die nun einmal das Wort beim Ausdruck des Unausdrückbaren stoßen muß, ein Hauch des Geheimnisvollen verblieben. Gewahrsein und verständliche Aussage sind keineswegs eines, was immer die Logik des Positivismus und die Philosophie der Semantik darüber sagen mögen. Jeder von uns wird weit mehr gewahr, als er jemals auszudrücken vermag. Wir alle wissen mehr, als wir uns zu wissen getrauen, das liegt an einer Feigheit angesichts des Unausdrückbaren; auch fürchten wir uns, seine Wirkung auf uns als Hinweis auf seinen eigentlichen Wesenskern zu nehmen. Doch wer bereit ist, sich auf der Suche nach der vollen Wahrheit derart leiten zu lassen, der wird sich belohnt finden – nicht so sehr durch die Preisgabe irgendeines bedeutsamen Teiles des eigentlichen Mysteriums, als vielmehr durch dessen Verwandlung in etwas, das uns zugänglich ist als lebendiges Wunder.

Jedenfalls, ob Mysterium oder Wunder – dies Element der hier berichteten Geschehnisse ist unübersehbar, und so muß unbedingt betont werden, daß die in dieser Erzählung auftretenden Personen wirkliche Personen sind. Wo irgend möglich, habe ich sogar ihre Eigennamen beibehalten und sie nur dann weggelassen oder verändert, wenn sie mir unbekannt waren oder ich befürchten mußte, jemanden in Verlegenheit zu bringen.

Die Hauptfigur in dieser Erzählung trägt den Namen Hans Taaibosch. Ich bedauere unendlich, daß ich nicht herausfinden konnte, wie er ursprünglich geheißen haben muß. Ich betone jedoch ausdrücklich, daß ich hier den einen Namen, unter dem er bekannt war, nur in der Hoffnung einsetze, daß sich irgendwo irgendjemand erinnern möge, wie er dazu gekommen ist, und daß dieser Jemand, selbst wenn er nichts als dies von ihm zu berichten wüßte, gleichwohl dankbar sein möge für diese Gelegenheit, Hans Taaibosch die gebührende Ehre zu erweisen, wenn er zum letzten Mal vom Paradeplatz abtritt – ein einfacher Soldat des Lebens, dem er, wie ich glaube, weit über die Forderung der Pflicht hinaus gedient hat.

MANTIS TRITT AUF

Zwar ist diese Geschichte so vollständig, wie nur je etwas sein kann gemäß menschlichem Wissen, das gebunden ist an unseren winzigen Anteil am Leben im Hier und Jetzt; doch ich brauche nur an sie zu denken, und sie kommt mir so geheimnisvoll vor wie eine mitternächtliche Erscheinung. Freilich, lange Zeit habe ich dies überhaupt nicht erkannt. Der Anfang erschien mir sogar wie ein triviales Stück Routine meines Arbeitslebens, und ich konnte mir damals nicht vorstellen, daß sich daran für mich irgendwelche exterritorialen Verbindungen knüpfen würden. Eben weil dieser Anfang so unscheinbar war, so gänzlich ohne erkennbare wägbare Substanz, so daß er fast der Euklidischen Definition des Punktes gleichkam – ein Punkt hat weder Größe noch Umfang, sondern bezeichnet lediglich einen Ort. So habe ich nicht begriffen, wie ich es heute begreife, daß sowohl in unserem Denken und Geist wie im Entfaltungsprozeß unseres sich ausweitenden Universums „Ort" mehr zu bedeuten hat als „Größe"; sonst hätte ich dem Ereignis mehr Aufmerksamkeit geschenkt. Ich hätte erkennen können, daß selbst in dieser kaum greifbaren Größenordnung etwas Ungewöhnliches in meinem Leben seinen Ort fand, hätte ich nur auf einige der Koinzidenzen geachtet, die diesem Vorgang folgten und seine Entwicklung begleiteten.

Ebendies war wohl von allen das schlimmste Versäumnis, denn sonst hat mich immer ein gewisser Instinkt davor bewahrt, Koinzidenzen jemals für Zufall zu halten. Mehr und mehr war ich dazu gekommen, in ihnen Manifestationen eines kosmischen Gesetzes zu erblicken, dessen wir nur unzulänglich gewahr sind, Manifestationen, die neben vielem anderem das Ausmaß bestätigen, in dem unser eigenes Leben einem umfassenden Grundmuster unterliegt. Dabei war ich bei einem Buch, an dem ich damals schrieb, gerade an eine Stelle gelangt, wo ich darzutun versuchte, daß dieses große, uns verschleierte Gesetz, das mit seinen besonderen Boten – seltsamen, oftmals absurden Parallelen – unsere hochdifferenzierte Bindung an rationales und kausales Fortschreiten der Dinge stört, eben dasjenige Gesetz sein könne, von dem die Bildung unseres Lebenssinnes bestimmt wird, jenes Sinnes, den die Chinesen Jahrhunderte vor Christus definiert haben als den, der immer aus sich selbst existiert hat. Ich kann mein Versäumnis nur damit entschuldigen, daß ich damals bis über die Ohren in der Arbeit an der Fortsetzung meines Buches *Die verlorene Welt der Kalahari* vertieft war, das mir fast noch mehr bedeutete und das langsam, für meinen Geschmack allzu langsam, aus dem Samenkorn des Titels emporwuchs: *Das Herz des kleinen Jägers.*

Das Thema dieser beiden Bücher hatte mich eine lange und harte Lehrzeit gekostet. So lagen zum Beispiel gerade fünf Jahre hinter mir, die der Erforschung jener bekannten großen Unbekannten, der südafrikanischen Wüste Kalahari gedient hatten, einschließlich einer langen Expedition in das Herz dieses gewaltigen Ödlandes, in denen ich nach etwaigen Überbleibseln des verschwundenen ersten Volkes meiner Heimat, der Buschmänner Südafrikas, gesucht hatte – nicht nur um bei ihnen zu leben, sondern auch, um von ihnen zu lernen. Infolgedessen war mein Leben und Denken derart festgelegt, daß ich kaum Zeit für etwas anderes hatte, und eben damals begann diese Geschichte, wie ich jetzt erkenne, sich unmerklich an ihren Ort in meinem Leben vorzutasten.

Als der Brief aus Amerika, mit dem das Ganze seinen Anfang nahm, bei mir eintraf, ließ ich ihn zehn Tage ungeöffnet liegen, so außerstande fühlte ich mich, in meinem Kopf für seinen Inhalt Raum freizumachen. Falls das übertrieben klingen sollte, möchte ich hinzufügen, daß ein oder zwei Briefe am Tag, von Freunden und Menschen, die man gern hat, gewiß eine Freude sein mögen, daß aber zu einem solchen Zeitpunkt die zwanzig oder dreißig Umschläge, die durch meinen Türschlitz fielen, zu einer wahren Tortur wurden. Als ich mich schließlich aufraffte, diesen einen Brief zu öffnen, geschah es nicht ohne Schuldgefühle, die mich übersehen ließen, daß auch sein Inhalt mit meiner damaligen Beschäftigung ‚koinzidierte'.

Der Brief war von einer mir unbekannten Frau aus New York. Sie fragte mich, ob ich ihr zum Verständnis einer Erscheinung verhelfen könne, die seit Jahr und Tag immer wieder in ihren Träumen aufgetreten sei. In den letzten Jahren sei sie immer häufiger aufgetaucht, und jetzt, da sie diesen Brief schreibe, erscheine sie ihr fast allnächtlich. Sie sagte, sie sei Psychoanalytikerin und habe aus ihrem Beruf gelernt, daß die Menschen ihren Träumen, insbesondere den häufig wiederkehrenden, zu ihrem eigenen Schaden viel zu wenig Beachtung schenkten. Demgemäß habe sie all ihr Wissen eingesetzt, um der Bedeutung dieser sich ständig wiederholenden Erscheinung auf den Grund zu kommen. Das Traumbild sei stets das Bild einer Gottesanbeterin, einer Mantis. Sie habe, versicherte sie, noch nie im Leben eine Gottesanbeterin gesehen, aber als sie ihr im Traum erschienen sei, habe sie alles ihr Erreichbare über dieses Insekt nachgelesen, in Bibliotheken Abbildungen gesucht und in der Literatur nach Stellen geforscht, in denen es erwähnt wird, jedoch habe sie nicht das Geringste gefunden, was erklären könne, warum in ihren Träumen ein Insekt erscheine, dem sie nie begegnet sei oder an das sie je bewußt gedacht habe.

Sie habe hervorragende Kollegen in den Vereinigten Staaten, in London und Zürich um Rat gefragt und sogar einen großen zen-buddhistischen Gelehrten in Japan, den ich, was ich freilich damals nicht wissen konnte, im Verlauf dieser Geschichte bei ihr kennenlernen sollte.

Trotz ihrer Bemühungen sei es ihr in all den Jahren nicht gelungen, etwas von diesem Phänomen zu begreifen, und das hieße, daß es sich dabei um einen gänzlich zufälligen, aufs Geratewohl erscheinenden, bedeutungslosen Eindringling in die Bilderwelt ihrer Psyche handeln müsse. Hierin aber liege der wahrhaft quälende Aspekt der Sache, der ihr immer mehr zu schaffen mache, stelle er doch ein Grundaxiom ihrer Überzeugung in Frage und nehme ihrer beträchtlichen Erfahrung in der menschlichen Psychologie den Sinn. Nach ihrer Auffassung nämlich könne nichts – und scheine es noch so trivial oder absurd zu sein – so, wie es diese Mantis getan habe, ungebeten aus dem Dunkel der menschlichen Psyche emportauchen, ohne daß es eine noch unerkannte, nur ihm eigene Bedeutung mit sich trüge auf der Suche nach Fleisch und Blut, furchtlos und hinreichend bemüht, sie zu leben.

Sie habe nicht mehr aus noch ein gewußt, bis vor zwei Monaten ihr jemand aus Japan eines meiner Bücher über Afrika gesandt habe. Sie habe es mit einem merkwürdigen und absurden Gefühl gelesen, als sei sie schon einmal dort gewesen, und habe mit plötzlich aufwallender Hoffnung alles zur Kenntnis genommen, was ich über die Mantis geschrieben hatte, und wie sie einstmals der „Gott der Hottentotten Afrikas" genannt worden sei, obwohl sie in Wirklichkeit der Gott der

Buschmänner Südafrikas war und noch ist. Ob ich ihr vielleicht helfen könne, dieses Traum-Thema, das in ihrem schlafenden Ich von einer so beharrlichen Gottesanbeterin dirigiert werde, besser zu verstehen? Ihre Unterschrift lautete: Martha Jaeger.

Da dies kein Roman ist, sondern eine wahre Geschichte, nenne ich sie bei ihrem richtigen Namen. Nicht nur ist sie inzwischen gestorben und kann an persönlicher Bezugnahme keinen Anstoß mehr nehmen, sondern ich habe sie auch so gut kennengelernt, daß ich weiß, sie hätte gegen die Erwähnung ihres Namens keine Einwände gehabt, zumal er an sich bedeutungsvoll ist und eine weitere dieser Koinzidenzen bildet, die ich freilich damals nicht beachtet habe.

Dabei denke ich zuerst an ihren Nachnamen, weil es ihr Geburtsname ist und dieser – soweit ein einzelnes Wort das kann – für all das unvordenkliche Leben steht, das sie zu dem Wesen, das sie war, gemacht hat. Ihr Nachname ist das deutsche Wort für den, der jagt. Kein Name hätte ihrem Wesen besser entsprechen können. Überall in der Bilderwelt des Menschen vertritt der Jäger jenen Teil unserer Persönlichkeit, der ständig, bewußt oder nicht, auf der Suche nach einem neuen und höheren Sinn ist. Das könnte, wie ich glaube, der Grund dafür sein, daß es uns zum Beispiel so ans Herz greift, wenn Baudelaire in seinem vielleicht schönsten Gedicht von der Kunst als dem Hornruf des in den großen Wäldern verirrten Jägers spricht.

In diesem Sinne war Martha Jaeger bis an ihr Lebensende eine geborene und begeisterte Jägerin; nicht nach Großwild hat sie gejagt, sondern nach großer Sinndeutung. Darüber hinaus war und ist der Buschmann, für den die so beharrlich in ihren Träumen auftretende Mantis der Gott ist, im reinsten und ausschließlichen Wortsinn ein Jäger. Und gleichwohl saß ich damals an meinem Schreibtisch und starrte, vertieft in die Niederschrift meines Buches *Das Herz des kleinen Jägers,* auf den Namen Jaeger und dachte mit einem Seufzer des Unmuts dabei nur an die Zeit, die mich die Antwort auf noch einen Brief wieder kosten würde.

Und dann ist da ihr eigener, privater und persönlicher Name: Martha. Die erste Martha war, wie Kipling in einem ihr gewidmeten Gedicht so eindrucksvoll, wenn auch nicht ohne charakteristische Extravaganz sagt, die Mutter von Söhnen, die dazu verurteilt sind, in Dunkelheit zu schaffen, während die Söhne Marias Kinder des Lichtes sind. Die Buschmänner sind, bildlich gesprochen, Söhne Marthas, dazu bestimmt, im Dunkel eines dunklen Erdteils zu leben, unerachtet des hellen Lichtes seines Tages, lange ehe auch nur die erste Martha geboren wurde. Eine Frau, die gleichsam die Mutter dieser Geschichte ist, hätte daher kaum einen passenderen Namen haben können.

Freilich hatte nichts von alledem in jenem Augenblick meiner intensiven Beanspruchung für mich die klaren Umrisse, die es, wie ich heute einsehe, so offensichtlich von vornherein besessen hat; jetzt sehe ich es im Brennpunkt eines rückgewandten Blickes, begabt mit der Kraft der Vergrößerung im Gefühl des endgültigen Lebewohls und mit der Klarheit des herbstlichen Heimwehs eines Afrikaners im selbstgewählten europäischen Exil: sie haben die Schärfe physischen Schmerzes. Aber etwas von der potentiellen Bedeutung der Sache muß trotz meiner Arbeitsbesessenheit in mich gedrungen sein, denn ich habe der Briefschreiberin eingehend geantwortet und sie gebeten, mir ausführliche Beispiele ihrer von der Mantis beherrschten Träume zu geben.

Damit geriet ich ganz gegen meine Absicht in einen Briefwechsel mit dieser Martha Jaeger, der um so lebhafter wurde, als ich ihren Antworten zu entnehmen begann, daß das, was ich ihr von der Gottesanbeterin und ihrer Rolle in der Bilderwelt und im Leben der Buschmänner erzählte, eine objektive Bestätigung des von mir bereits Vermuteten brachte; gerade dieses Muster der Bilderwelt des verachteten, aufs grausamste verfolgten und nahezu ausgerotteten südafrikanischen Buschmannes besaß nicht nur subjektive Bedeutung für ihn selber und für mich, sondern trug auch zum Verständnis des Wesens der menschlichen Denkfiguren überhaupt bei. Sein bewußtes Denken entspricht irgendwie unserem träumenden Ich und ist daher einer der klarsten der uns heute zugänglichen Spiegel, in denen Imponderabilien der Sinndeutung aufscheinen, die ungebeten und in befremdlichen Bildern an die Oberfläche steigen, wie es die Mantis bei Martha Jaeger getan hatte – aus dem Unbewußten auch der aufgeklärtesten Vernunft in unserer trostlosen Zeit, offenbar, als wollten sie ihr von einem unbekannten und zutiefst verleugneten Selbst Mitteilung machen. Könnte es nicht so sein, daß durch eine Übertragung in unser zeitgenössisches Idiom das Erste und Letzte im Leben, das heute in unserem Geist so brutal auseinandergerissen ist und gegeneinander ausgespielt wird, versöhnt und vereint werden könnte, um uns den Sinn für Kontinuität zurückzugeben, dessen Verlust mir die Hauptursache des tiefen Gefühls der Vereinsamung und der Ziellosigkeit zu sein scheint, das unseren kurzen Lebenstag zum Stückwerk macht? Könnte das nicht vielleicht auch dazu dienen, den Bruch im Geist unserer Zeit zu beheben und zu heilen, wie es das so eindrucksvoll bei Martha Jaeger und all denen getan hat, die bei ihr Hilfe suchten?

Ich bin gezwungen, es dabei bewenden zu lassen – in Form einer Frage, weil ich damals keine passenden Antworten hatte, und die Fragen sowie die durch meinen Briefwechsel mit Martha Jaeger ausgelöste allgemeine Betrachtung zur Genüge zeigen, eine wie bedeutsame Richtung die Dinge ohne mein Zutun nahmen. Was die Einzelheiten ihres immer wiederkehrenden Traumes angeht, habe ich, auch wenn sie nicht mehr lebt, glaube ich, nicht das Recht, davon zu sprechen –

mit einer Ausnahme; und ich glaube auch nicht, daß sie, so bedeutsam die Träume an sich sein mögen, für die Geschichte wesentlich sind.

Wichtig ist, daß Martha Jaeger im Spätsommer eines schicksalhaften Jahres eigens aus Amerika zu einem Symposion bei dem jährlichen Eranos-Treffen in der Casa Gabriella am Lago Maggiore herüberkam. Dort war es möglich, auf eine Art miteinander zu sprechen, für die auch der beredteste Brief niemals einen gleichwertigen Ersatz hätte bieten können. Obwohl ich selber kein Psychologe und ohne Erfahrung in psychologischer Analyse war, konnte ich lediglich durch das, was ich über die Rolle der Mantis in einer lebendigen Gesellschaft wußte, dort etwas an sie weitergeben, wodurch das, was eine ernste Bedrohung ihres Glaubens an ihre Berufung geworden war, in eine Quelle der Offenbarung verwandelt wurde: eben das Traumbild, das ihr so sinnlos zu sein schien. Das, sagte sie, habe ihr ganzes Leben verändert.

Diese Veränderung fand nach ihrer Heimkehr eine Bestätigung in einem weiteren Traum von der Mantis, und eben dieser Traum ist die Ausnahme von der bereits erwähnten Regel über das Verschweigen der Träume. Ihr träumte, sie ginge am Abend des letzten Tages eines herrlichen Sommers barfuß durch grüngoldenes Gras. Im gelben Licht der untergehenden Sonne blickte sie vor sich nieder, und da war die Mantis: sicher und heiter saß sie mitten auf ihrem Fuß, da, wo die

Zehen beginnen.

Länger war der Traum nicht, doch er war so ungemein lebendig und brach mit solcher Gewalt in ihren Schlaf ein, daß sie erwachte. In ihren früheren Träumen hatte die Erscheinung der Mantis ein Gefühl der Verwirrung ja zuweilen Schrecken hervorgerufen – das alles war jetzt einer unbeschreiblichen Empfindung des Wohlbefindens und der Wiederzugehörigkeit zum Leben gewichen – noch nie hatte sie sich so glücklich gefühlt.

Und wie sie so allein in der Dunkelheit ihres Zimmers lag und hinausblickte auf den breiten Hudson, im sinkenden Jahr so erfüllt von schimmernden Sternen, daß er in seinem nächtlichen Canyon zwischen den Felswänden der Wolkenkratzer von New York wie eine zweite Milchstraße dahinströmte –, da war ihr unmittelbar zumute, als säße sie nachts mit mir am Lagerfeuer in der Wüste Kalahari und lausche wieder einer Geschichte der Buschmänner, die ich ihr einmal erzählt hatte: daß die Mantis ihren Lieblingsplatz hat zwischen den Zehen der schwarzen, wie Lackleder aussehenden Hufe der Elenantilope, welche die größte, stärkste und dabei zutraulichste und friedfertigste Antilope in Afrika ist.

Sie erinnerte sich, wie ich ihnen den Huf dieser Antilope beschrieben hatte: er ist so beschaffen, daß er sich beim Betreten des roten Wüstensandes ausbreitet, wobei die Zehen auseinanderklaffen, so daß er nicht zu tief einsinkt und den Schritt des Elens nicht behindert. Und wenn das majestätische Tier den Huf hebt, so klappen die Zehen mit einem scharfen elektrischen Klicken zusammen. Oftmals habe ich im Schatten einer schwarzen Schirmakazie oder eines grünen Kameldorns gelegen und dem Geräusch einer um mich herum grasenden Herde von Elenantilopen gelauscht; das zarte und präzise magnetische Klicken war für meine Ohren eine Zaubermelodie, bis ich imstande war, zu begreifen – nicht rational, sondern gefühlsmäßig –, warum die Versinnbildlichung eines Gottes, auch wenn er als bloßes Insekt auftritt, dank einer Laune des Daseins seine Stelle eben dort einzunehmen hat, von wo diese Art der Elektrizität ausgeht, damit eben dieses Stückchen von sterblichem Fleisch und Blut in die Richtung gelenkt wird, die es einschlagen möchte.

Sie dachte daran, daß das Elen die Lieblingsspeise nicht nur für den Leib, sondern ebenso auch für die Phantasie der Jäger in der Wüste ist. Ich hatte ihr erzählt, daß man nur die Abbilder der Elenantilope zu sehen braucht, die sie gemalt haben und die in Südafrika noch im Purpurschatten auf verborgenem Felsenmalgrund oder auf einer glatten überhängenden Klippe leuchten, um zu erkennen, daß das Elen mit einer Sorgfalt und Liebe wiedergegeben ist, die keinem anderen Tier sonst zuteil wird, und womit es zu einer fast mystischen Größe erhoben wird. Und man braucht die Buschmänner nur über das Elen sprechen zu hören, um zu bemerken, wie ihre Stimmen beim Erklingen seines Namens einen Ton annehmen, den ich ihr als den „speziellen Elen-Ton" beschrieben hatte. Das mächtigste und eindrucksvollste Lied der Buschmänner war das von der Elenantilope: es strömt über von Heimweh – nicht so sehr nach einem bestimmten Erdenfleck, als nach der Quelle, der alles Leben entstammt. Einer ihrer größten Tänze, größer noch als ihr Feuertanz, ist der Elentanz, und all das erklären sie damit, daß unter allen Tieren der Welt das Elen dem Herzen der Mantis am nächsten stehe.

Ich hatte ihr daher gesagt, daß es den Anschein habe, als ließe sich die Mantis zwischen den Zehen der Elenantilope nieder, um damit dem Geist des Buschmanns ein klares Zeichen, ja fast ein Erstes Gebot zu geben: daß er, um auf dem Wege seines Gottes zu wandern, dem gehorsam sein müsse, was das Elen in seinem Denken und Fühlen erweckt. Hatte ich übrigens nicht auch betont, ein wie großer Träumer die Mantis selber ist? Immer, wenn sie Zweifel hat und in Bedrängnis gerät, träumt sie einen Traum, und der Traum hilft ihr weiter, und darum erzählte mir eines Tages ein Buschmannjäger, wobei seine dunklen urzeitlichen Augen wie Bernstein leuchteten: „Weißt du, es gibt einen Traum, der uns träumt!"

Daran und an mehr noch hatte sie gedacht, als sie mir schrieb, sie zweifele nicht daran, daß ihr die Mantis an dieser Stelle im Traum erschienen sei, um ihr zu zeigen, sie sei ihrem natürlichen Selbst wiedergegeben und nach dem Sommer ihres Lebens wieder auf ihr angestammtes Tätigkeitsfeld ausgerichtet. Denn was sei natürlicher – die in dieser Frage enthaltene Interpretation ist ihre, nicht meine –, als daß man seine Schuhe abstreife und wieder barfuß durch immergrünes Gras gehe, sein Ziel dem anvertrauend, worin sie jetzt eines der reinsten und natürlichsten Abbilder des höchsten Sinnes, von den Menschen „Gott" genannt, erblicke, oder, wie ich es ihr einmal von der Mantis erzählt habe, als die Stimme des Unendlichen im Kleinen.

Da zweifellos die Mantis einem ersten Bild vom Sinn des Daseins so nahe komme, wie es ein moderner Verstand überhaupt erfassen könne, stehe sie erst am Anfang eines Weges, der lang sein werde. Sie habe keine Ahnung, wohin er sie führen werde, doch daß sie dabei von solcher Freude erfüllt sei, liege daran, daß ein ins Stocken geratenes Stück ihres Selbst wieder in Bewegung gekommen sei.

Sie hat niemals wieder von der Mantis geträumt bei jeder Begegnung sprachen wir davon. Etwa zehn Jahre danach war ich neun Tage lang ununterbrochen mit ihr zusammen, fast bis zu ihrer Todesstunde, und nicht ein einziges Mal war ihr die Mantis wieder im Traum erschienen, obwohl sie in ihrem Denken eine so beherrschende Rolle gespielt hatte. Sie habe nicht mehr von ihr geträumt, pflegte sie zu sagen, völlig ungerührt von dieser scheinbaren Treulosigkeit, weil es nicht mehr nötig gewesen sei, von ihr zu träumen.

Kaum hatte sie aber in jener Nacht, da die Mantis ihr das letzte Mal im Traum erschienen war, die Schlußfolgerung gezogen, die sich aus der Parallele mit der Erzählung des Buschmannes von der Mantis zwischen den Zehen der Elenantilope ergab, als sie auch schon wußte, daß sie mir schreiben und mich bitten müsse, nach Amerika zu kommen und ihr und ihren Freunden mehr zu erzählen von allen diesen steinzeitlichen Manifestationen, die in ihrem Geiste eine solche Veränderung bewirkt hatten.

Sie stand früh auf – so stark war bei ihr das Gefühl gewesen, daß keine Zeit zu verlieren sei –, schrieb mir und bat mich, herüberzukommen. Äußerlich betrachtet hätte sie sich keine ungelegenere Zeit für ihre Bitte aussuchen können. Die Arbeit an meinem Buch *Das Herz des kleinen Jägers* ging viel zähflüssiger voran, als mir lieb war. Für Martha Jaeger mochte der Fall der Gottesanbeterin und ihrer Freunde abgeschlossen sein; ich hingegen sah mich all diesen Geschöpfen gegenüber in wachsende Schwierigkeiten verstrickt. So wie sie ihrerseits sicher gewesen war, daß allem gegenteiligen Anschein zum Trotz nichts im Menschen spontan aus dem Dunkel emporsteigen könne, das nicht irgendeinen Sinn hat, war ich meinerseits überzeugt, daß alles, was in den Mythen, Legenden und Geschichten der Buschmänner eine noch so unscheinbare oder triviale Rolle spielte, gleichfalls einen besonderen Sinn haben müsse.

Insbesondere konnte die Mantis von den Buschmännern nur deshalb zum Sinnbild des für sie höchsten Wertes auserkoren worden sein, weil sich nichts außer ihr so hervorragend dafür eignete. Ich hatte das Gefühl, daß alle diese Schöpfungen der Phantasie der Buschmänner insgesamt einen uralten hieroglyphischen Kode von höchstem primärem Gewicht darstellten, und daß ich, wenn ich nur die Chiffre seiner Verschlüsselung fände, auf eine wesentliche Botschaft von höchster Unmittelbarkeit stoßen würde. Zu diesem Zwecke, so glaubte ich, müßte ich gleichsam die menschlichen und zeitgenössischen Äquivalente der Rollen entdekken, die diese lange dichtgedrängte Reihe von Säugetieren, Vögeln, Reptilien und Insekten in der Phantasie und der Gesellschaft des Buschmanns gespielt haben, ehe ich hoffen könnte, ihren Kode zu knacken, so, wie es uns anscheinend bis zu einem gewissen Grade bei der Mantis in Martha Jaegers Träumen gelungen war. Aber das ist, selbst wenn man diese Insekten und Säugetiere fast persönlich kennt, weder so leicht noch so auf der Hand liegend, wie es klingt.

Was etwa ist von einem Gott zu halten, der ein Insekt ist, aber mit einem Klippschliefer vermählt wie die Mantis? Was von deren Sohn, der weder Säugetier noch Reptil noch Insekt ist, sondern etwas so Ungreifbares wie der Komplex der Elemente eines Regenbogens, der sich erhaben über der Wüste wölbt nach einem der dort so seltenen Wolkenbrüche, die wie ein

Wunder wirken. Was gar von der Tatsache, daß dieses Regenbogenelement verheiratet ist, und das mit einem so unwahrscheinlichen Geschöpf wie dem Stachelschwein! Auf den ersten Blick erscheint all das wie schierer Unsinn, für den es meine Landsleute jahrhundertelang auch gehalten haben; und es hat Zeiten gegeben, in denen ich selber zweifelte und mich gefragt habe, ob es heute nicht völlig unmöglich ist, dieses sonderbare steinzeitliche Traummaterial, so bedeutungsvoll es anfangs gewesen sein mochte, restlos in ein zeitgenössisches Idiom zu übersetzen und zu retten. Ich fürchtete, daß ich, wenn ich meine Arbeit auch nur einen Tag unterbräche, den Mut verlieren und aus dem Rhythmus geraten würde, und meine einzige Hoffnung konnte nur darin bestehen, daß ich mich Tag für Tag Zoll um Zoll voran arbeitete, so wie ich es schon so lange zu tun versucht hatte.

Daher war meine erste Regung die, auf der Stelle nein zu sagen, aber ich zögerte, aus Respekt vor Martha Jaeger und der Sinndeutung, die sie aus der Erscheinung der rätselhaften Mantis mit ihrer eigenen Einfühlungsgabe hatte gewinnen können. So wartete ich ab und dachte viel über den Fall nach. Und das war gut so, denn von dem Augenblick an, in dem ich ihre Einladung erhalten hatte, blieb ich in meiner Arbeit hoffnungslos stecken. Jeden Morgen setzte ich mich wie gewöhnlich an meinen Schreibtisch und hoffte, es möge mir gelingen, die Sätze ans Licht zu bringen, die für die weitere harte Arbeit nötig waren. Aber all meine Mühe war umsonst – es geschah nichts dergleichen. Es war, als sei meine Phantasie völlig blockiert, und falls dem so war, dann, das wußte ich aus Erfahrung, mußte ich aufhören, es erzwingen zu wollen, und meiner Phantasie die nötige Zeit lassen, damit irgendeine Lösung heranreife, wie es früher unfehlbar geschehen war. Eigentlich gab es keinen Grund, weshalb ich diese Periode des Wartens auf einen Prozeß, auf den ich doch keinen Einfluß hatte, nicht nutzen sollte, indem ich die Einladung annahm, zumal ich dann auch in den Vereinigten Staaten und in Kanada eine Reihe von Versprechungen einlösen konnte, die ich im Lauf der Jahre gemacht hatte für den Fall, daß sich dazu einmal eine Möglichkeit ergeben sollte.

ORT UND ZEIT

Sobald wie möglich fuhr ich daher zu Schiff nach Amerika und war erstaunt und beruhigt, als ich merkte, daß mit mir anscheinend auch die Mantis und ihre Freunde die Segel gehißt hatten. Weit davon entfernt, daß uns die Fahrt über den stürmischen westlichen Ozean trennte oder auch nur um die unbegreifliche Armeslänge auseinanderhielt, wo ich sie zurückgelassen hatte, als ich mit Schreiben aufhörte – sie schien uns nur noch näher zusammenzubringen. Viele Jahre später bin ich jemandem begegnet, der damals mit mir auf demselben Schiff reiste; und fast als erstes fragte er mich, ob ich noch immer so ausschließlich mit all den seltsamen Vögeln, Säugetieren, Insekten und Reptilien Afrikas beschäftigt sei wie damals auf unserer Fahrt. Offenbar hatte ich über kaum etwas anderes mit ihm gesprochen. Noch beruhigender aber war vielleicht, daß mir der Zeitpunkt meiner Ankunft in Amerika völlig richtig und ganz meiner eigenen inneren Zeit entsprechend erschien.

Ich erreichte New York im Frühherbst. Immer hat mir der Herbst in Amerika etwas ganz besonderes bedeutet. Er ist eines der beiden Naturphänomene der nördlichen Halbkugel, die mich immer am meisten bewegt haben. Das andere ist natürlich der Frühling in

England. Bei aller Liebe zu meiner afrikanischen Heimat und weil ich, was sie zu bieten hat, am liebsten allem anderen in der Welt voranstelle, habe ich mir doch schon seit langem eingestehen müssen, daß sie nicht die Mittel besitzt, um uns immer wieder den Wechsel der Jahreszeiten bei allem Lebenden, Wachsenden und sogar Unbelebten so wunderbar vorzuführen, wie das in England und Amerika möglich ist. Wir haben nichts, was sich mit dem Zauber eines englischen Frühlings vergleichen ließe, der die nackte Welt für das Fest des Sommers schmückt. Wir haben nichts, was in uns die gleiche Ehrfurcht erwecken könnte, wie das Herbstfeuer, das die großen Ahornwälder Amerikas durchflammt, sie mit lodernden Zungen ihres Laubes entkleidet, bis sie nackt und reuevoll vor dem Tag der Abrechnung stehen, den wir Winter nennen. Der Herbst ist für mich immer eine Zeit tiefer und natürlicher Heiligkeit: ringsum wird die Erde zum antiken Tempel, in dem der zwischen den Bäumen flammende und lodernde Brand die endgültige Metamorphose vollendet, die einst an jenen archaischen Stätten der großen vergessenen Mysterien das Feuer an den Toten vollzog: es verzehrte alles Vorläufige, Falsche und Vergängliche im abgelaufenen Leben, so daß nur das Dauernde, Wahre und Unzerstörbare blieb, um den Geist, der einst in ihm gewohnt hatte, zu begleiten auf der Wanderung zu dem, was immer jenseits des Hier und Jetzt liegen mag.

Fast ist es so, als werde mir im Herbst dort drüben die gesamte Umwelt zur Allegorie, als repräsentiere jeder Baum ein verschwenderisches Wesen, das sein Erbteil in einem festlichen Sommer durchgebracht hat und nun bankrott vor den unbestechlichen Notwendigkeiten steht und dem zum ersten Mal die Erkenntnis dämmert, daß die Stätte, von der es ausging, dieselbe ist, zu der es unweigerlich zurückkehren muß und von der die freudlose Rundreise wieder ihren Anfang nimmt – allen Trostes bar, denn mag auch uns allen ein Entgelt durch ungeahnte Steigerung an jenem unerschöpflichen Ort des Ursprungs versprochen sein, so tritt doch dies Versprechen als Furcht vor Vergeltung verkleidet in Erscheinung.

Ich machte mir keine Gedanken darüber, daß eine solche Auffassung von meiner Umgebung seit langem als ‚großer armseliger Trugschluß' verworfen worden war. Für mich lagen Armseligkeit und Irrtum vielmehr in der herabmindernden Betrachtungsweise, die so tief Wurzel geschlagen hat in unserer voreingenommenen einseitigen Zeit, daß sie sich der tiefen wechselseitigen Abhängigkeit zwischen Außenwelt und Innenwelt überhaupt nicht bewußt ist und daher nicht sehen kann, daß das Leben nur dann zu seinen kurzen unsterblichen Augenblicken vorstößt, wenn wir unsere naturgegebene Rolle als Angehörige dieses großen gemeinsamen Reiches klar erkennen. Wer alle vorgefaßten Meinungen und Vorurteile abgestreift hat, wie diese Bäume um mich herum ihr flammendes Laub, und wer so seinem bedrängten Herzen ins Innere schaut, der wird, glaube ich, die Grenzen zwischen beiden Welten verschwinden sehen und einen Torweg ohne Tor finden, der in eine unendliche Welt führt.

Ich fühlte, daß ich dies mit ungewöhnlicher Gewißheit aussprechen konnte, denn mir schien – ob es uns gefällt oder nicht –, daß der menschliche Geist in sich selbst engstens an die Jahreszeiten gebunden ist, und es wäre erstaunlich, wenn nicht auch der Phantasieloseste spürte, daß der Wechsel der Jahreszeiten verwandt ist mit dem mächtigen Kreislauf von Geburt, Leben, Tod und Wiedergeburt, an den nicht allein unser Leib, sondern auch das innere Gestaltmuster, das ihm seinen Sinn gibt, unwiderruflich gebunden ist. Und weil mir das Wesentliche an diesem Muster verschwenderisches Scheiden und Wiederkehren zu sein scheint, wurde mir damals die Erde Amerikas – so inbrünstig ergeben der Gewalt eines Herbstes, wie ich ihn größer nie erlebt habe – zum Gleichnis „Erde" überhaupt.

So war für mich die Zeit keineswegs aus den Fugen. Ich fühlte mich in zeitlicher Harmonie mit der äußeren Jahreszeit und erlebte durch dieses Gefühl der Harmonie eine Steigerung meiner Aufnahmefähigkeit, die mich hoffen ließ, daß meine Phantasie, während sie mühevoll die fast unerkennbare Spur eines bloßen, durch Steinzeitalter wandernden Insektes verfolgte, ihrem eigenen Rhythmus von Scheiden und Wiederkehr gehorchen werde. Ja, dies Gefühl unerwarteter Harmonie zwischen meiner persönlichen Jahreszeit und der Jahreszeit des Herbstes wurde zu einer Art Festung, hinter der das von der Mantis dirigierte Thema nicht nur unversehrt erhalten wurde, sondern sich auch entfalten konnte trotz aller Ablenkungen durch die lange Reise, die sich nun anschloß – auf eine Art und Weise und in einem Tempo, wie es, glaube ich, nicht möglich gewesen wäre, wenn ich daheimgeblieben wäre. Es bewies aufs neue, daß eine Reise nach neuen Orten in der physischen Welt Mut machen kann zu einer „inneren" Reise nach bisher unbetretenen Orten in der psychischen Welt. Dieser Beweis war um so eindrucksvoller, als ich das Thema nicht einmal in dem beschränkten Umfange weitertreiben konnte, wie es mir möglich gewesen wäre, wenn ich sofort die Erörterung darüber hätte aufnehmen können, wie es mit Martha Jaeger und ihren Freunden abgesprochen war.

Doch zuerst mußte ich mit der Bahn nordwärts fahren, um einer Anzahl anstrengender Verpflichtungen nachzukommen, die mit unserem Thema nicht das geringste zu tun hatten. Einzelheiten darüber sind für meine Geschichte nicht von Bedeutung, oder höchstens insofern, als einiges als Beispiel dafür dienen kann, welchen Schutz mir diese natürliche Entsprechung zwischen meiner persönlichen Jahreszeit und dem Herbst ringsum bot. Zwar war ich gezwungen, mich mit Dingen abzugeben, die dem, was mich am tiefsten beschäftigte, äußerlich nicht hätten ferner sein können. Zwar gab es Wochen, in denen es aussah, als hätte ich das Thema ganz vergessen – das Thema seinerseits vergaß mich nie. Gerufen oder ungerufen: Mantis und ihre Freunde waren stets zugegen und reisten jene unwahrscheinlichen Meilen mit mir.

Und was waren das für Meilen! Ich fuhr von New York nach Montreal, von Montreal nach Kingston am Ontariosee, von Kingston nach Toronto und gab Vorlesungen an Universitäten und hielt Ansprachen vor Versammlungen, so sehr mir auch öffentliches Reden gegen den Strich geht. Von dort fuhr ich weiter in die Prärien und eröffnete nicht nur in Manitoba ein Festival der Künste, sondern ließ mich auch für zehn lange Tage auf Gespräche und ein Frage- und Antwortspiel ein mit den wissensdurstigsten jungen Leuten der Welt. Aus den Prärien mußte ich weiter südwärts nach San Francisco, Berkeley, Los Angeles, San Diego und quer durch die Wüste nach Texas und New Orleans, und dann wieder hinauf nach Washington. Erst dann erreichte ich endgültig meinen eigentlichen Bestimmungsort: New York.

Diese vielen weiten Reisen und diese vielen völlig anderen Beschäftigungen hätten jede Spur der Mantis in meiner Phantasie auslöschen können, doch als letztes am Abend, als erstes am Morgen und auf manch andere Weise noch – so vielfältig, daß ich gar nicht alles behalten habe – brachte sich die Gottesanbeterin ständig in

Erinnerung, und nicht nur das, sie zeigte mir auch immer wieder unversehens eine neue Facette des Begreifens des Unbegreiflichen. Einmal zum Beispiel erwachte ich des Nachts in Kanada im Schlafwagen, und schlagartig wurde mir klar, warum die gottgleiche Mantis, die dem Steinzeitmenschen das Feuer gebracht hat, einen Sohn haben muß, der nur aus den Elementen des Regenbogens bestehen kann.

Feuer ist unser größtes Sinnbild für „Bewußtsein" auf Erden; der Sohn der Mantis ist ihr künftiges Selbst; und der Regenbogen legt ein natürliches Zeugnis davon ab, daß der menschliche Geist danach strebt, das Bewußtsein zu einem überirdischen Prinzip zu erheben; denn als Brechung des weißen Tageslichts stellt er anschaulich die differenzierenden analytischen Elemente im bewußten Geist dar. Das war seine Rolle im Alten Testament für Noah nach der Sintflut: der Bogen des ersten Bundes des Menschen mit dem höchsten Sinn; das war er für Goethe; und das war er hier auch für den Steinzeitmenschen – und das beseligende und ermutigende Gefühl von Kontinuität, das mich in jener Nacht überkam, war süßer als der Schlaf in diesem Überlandzug, der den Rocky Mountains entgegenbrauste. In Winnipeg ging mir morgens beim Rasieren auf, warum ein solcher Sohn mit einem Stachelschwein verheiratet sein muß, denn das Stachelschwein kennt seinen Weg im Dunkeln wie kein anderes Tier des Ödlandes und hat eine Nase für alles, was unsichtbar und weit voraus liegt; damit wird es zum passenden Sinnbild für das weiblich-intuitive Element, den goldenen Ariadnefaden des menschlichen Geistes, der das Leben durch den Irrgarten des Nichtgewahrseins zu wachsender Erkenntnis führt.

Irgendwo in Neu-Mexiko begriff ich, weshalb der Mantismann eine solche Stachelschweinfrau noch mehr lieben muß als seine Klippschlieferehefrau, denn in dieser Rolle ist sie das Sinnbild seines inneren objektiven Selbst, seine weibliche Seele auf der Suche nach einem neuen und höheren Sinn. Als ich schließlich in Texas ankam, schien sich mein Verständnis so erweitert zu haben, daß sich die Parallelen zwischen dem Mythos von der Mantis, der griechischen Mythologie, unserer biblischen Geschichte und der Symbolik unserer Jetztzeit in einem ebenso überraschenden wie bestürzenden Tempo verlängerten und vermehrten.

Vom Standpunkt einer Weltsicht aus jedoch, die am liebsten nur das Sichtbare und physikalisch Demonstrierbare gelten lassen möchte, bildete die verblüffendste Bestätigung das, was ich bei meiner Ankunft in Houston erlebte. Ich war noch nie in Houston gewesen. Ich hatte zwar mit meiner Gastgeberin zahlreiche Briefe gewechselt, war ihr aber noch nie begegnet. Sie holte mich vom Bahnhof ab und fuhr mich zu ihrem schönen Haus außerhalb der Stadt; es lag in einem ausgedehnten unbebauten Gelände, hinter dem sich ein zu einem Altwasser abfallender Wald erstreckte, behangen mit langen Flechten und weich bemoost. Während ich ihr beim Aussteigen half, holte sie den Hausschlüssel aus ihrer Handtasche und wandte sich zur Tür.

Im gleichen Augenblick schrak sie zusammen und stieß hervor: „Was in aller Welt sitzt denn da?"

Ich schaute hin. Da saß, in der Haltung tiefer Kontemplation, als warte sie auf das Öffnen einer Tempelpforte, eine große Gottesanbeterin. Ich erklärte meiner Gastgeberin, was es war. Erstaunt sagte sie, sie und ihr Mann lebten zwar schon seit Jahr und Tag in dieser Gegend, doch noch nie habe sie hier oder sonst irgendwo eine Gottesanbeterin zu Gesicht bekommen. Selbst wenn ich damals noch irgendwelche Zweifel gehabt hätte, ob es klug sei, mich auf diese Reise einzulassen, dieser Auftritt der Mantis in Person, meine ich, hätte sie endgültig beseitigen müssen, so sicher war ich von Stund an, daß meine Reise gleichsam unter ihrem Schutz und Zeichen stand.

Dieser Bestätigung bedurfte es glücklicherweise nicht mehr, und der Vorfall diente lediglich dazu, den Lösungsprozeß zu beschleunigen; und als ich schließlich am 13. Dezember – meinem Geburtstag – ankam, um die Reihe meiner Zusammenkünfte mit Martha Jaeger und ihren Freunden zu beginnen, da war der Kode offensichtlich geknackt, und die Botschaft der Mantis hatte mich mit eindringlicher Unmittelbarkeit erreicht. Ich erinnere mich, wie ich damals die zeitliche Abstimmung bei allem als völlig richtig und einzigartig empfunden habe. Als ich dies Mal nach all diesen Wochen den ersten Schimmer von der Mündung des mächtigen Hudson erblickte, sah ich, daß der Herbst vorüber, das Feuer erloschen und die Welt weiß war, schweigend und still in Erwartung des Winters. Ich erinnere mich, daß die Metapher meines Empfindens sich völlig umkehrte und daß mir die nackte Erde beim Hinabblicken wie ein großes Schiff vorkam – alle Segel gerefft, die Luken fest geschlossen, alles nicht Niet- und Nagelfeste an Deck festgezurrt oder verstaut, und alles so wohl vorbereitet, wie es Vorbedacht und Phantasie für den kommenden Ansturm von Wind und Eis nur irgend vorbereiten können. Es war, als sei sich die Natur des großen kommenden Augenblicks der Wahrheit bewußt, und als wolle sie durch ihr Beispiel allem ihr Anvertrauten mahnend zurufen, es ihr gleichzutun. Ich meinte – wie mir jetzt vorkommt, allzu ich-bezogen –, meine Rolle in diesem Augenblick sei darauf beschränkt, mich an das zu halten, was an meinen eigenen Überlegungen wahr sein mochte, doch ich sollte erfahren, daß mehr darin enthalten war – in einer Größenordnung, an die ich überhaupt nicht gedacht hatte.

An sechs Tagen kam ich mit Martha Jaeger und ihren Freunden an verschiedenen Orten zusammen, und wir sprachen über den Buschmann, seine Wesensart und Lebensweise, seine Mythen, Legenden und Geschichten und vor allem über die Rolle der Mantis in der steinzeitlichen Bilderwelt. Es begann mit einem Treffen in einem großen Saal, an dem über tausend Menschen teilnahmen. Wir hatten kleinere, Einzelthemen gewidmete Treffen in ihrer Wohnung, die auf den Hudson hinausging – gerade dort, wo eine dieser unglaublichen Hängebrücken, mit denen Amerika brillieren kann, sich mit der Leichtigkeit eines geworfenen Kieselsteins über die weite Wasserfläche schwingt. Die wichtigsten und längsten Sitzungen jedoch fanden in dem Quäker-Schulungszentrum von Pendle Hill nahe bei Philadelphia statt.

Martha Jaeger war damals Vorsitzende einer Tagung der ‚Gesellschaft der Freunde' über Religion und Psychologie, und so war es gewiß natürlich und richtig, daß der größte Teil unserer Arbeit in diesem abgelegenen und stillen Quäkerinstitut in seiner schönen natürlichen Umgebung vor sich ging. Doch einerlei, wo die Treffen abgehalten wurden und wer daran teilnahm, ich war erstaunt, daß Menschen, die ohne Ausnahme nicht nur nie in Afrika gewesen waren, sondern auch nie zuvor von einem Buschmann gehört hatten, sofort zu ihm eine Beziehung gewannen und der Entfaltung seiner Bilderwelt folgten, als seien sie darin zu Hause; sie alle saßen da wie Kinder in einem steinzeitlichen Kinderzimmer, die ihrer ersten, ihnen zum ersten Mal erzählten Geschichte lauschen. Zum Schluß entstand durch die Eigenart unseres Themas und unsere gemeinsame Bemühung um seine Interpretation ein derartiges Gefühl menschlicher Einheit und zugleich der Zugehörigkeit zum Leben auf der Erde überhaupt, als es selbst noch jung war, daß einer der Teilnehmer die Gefühlsregung des Augenblicks nur dadurch erträglich machen konnte, daß er die Wahrheit in einen Scherz kleidete und verkündete, daß wir wohl die erste Konferenz von Buschmännern seien, die je in den Vereinigten Staaten von Amerika abgehalten worden sei.

Die vielleicht auffallendste Bestätigung der gewonnenen Einheit in der Verschiedenheit ereignete sich bei einem der intimeren Treffen in der Wohnung von Martha Jaeger, an dem der große zen-buddhistische Meister Daisetsu Suzuki teilnahm, der einer ihrer Freunde war und den ich bereits erwähnt habe. Im Verlauf einer Diskussion über alle möglichen Dinge erzählte er mir, daß die Mantis eines der eindrucksvollsten Sinnbilder sei, dem er je in einem der großen Glaubensartikel des Zen begegnet sei: dem vom Handeln durch Nichthandeln, und wie er diesen Aspekt ihrer Bedeutung Martha Jaeger bereits nahegelegt habe. Das war denn freilich eine weitere wertvolle Bestätigung dafür, daß ich nicht bloß einem exzentrischen und rein subjektiven Interesse auf der Spur war, sondern einem Thema von objektiver Bedeutung. Über diesen Punkt würde ich mich gern um seiner selbst willen weiter auslassen, wenn es nicht genügte, hier nur deutlich zu machen, weshalb der schlagende Eindruck meines ungewohnten Themas auf eine neue Welt – so weit entfernt von dem Afrika, dem es entstammte –, die Folgen nach sich ziehen konnte, um die es in dieser Geschichte geht. Diese Phase der Geschichte – um mich in der unemotionalen Sprache der Physik auszudrücken –, bis dahin bloßes Potential, wurde in jener letzten Nacht in Pendle Hill plötzlich kinetisch.

SONDERBEAUFTRAGTER

Unter meinen Zuhörern war mir eine reizvolle Frau aufgefallen; sie mochte Mitte Dreißig sein. Sie war stets mehr den Forderungen der Mode entsprechend gekleidet, als es in der ‚Gesellschaft der Freunde' üblich ist. Sie hatte kein Treffen versäumt und saß immer auf demselben Platz vorn in der dritten Reihe, tadellos angezogen dank jener so vielen Amerikanerinnen eigenen Gabe, die sie nie zerdrückt oder zerknautscht aussehen läßt, mag das Gedränge noch so groß und die Reise noch so lang gewesen sein. Auch war sie eine der wenigen, die nie eine Frage stellten. Sie saß da und hörte aufmerksam zu, ihre großen Augen hellwach und ihre Haltung von einer geradezu übermäßigen Ruhe, die darauf schließen ließ, daß sie im Banne einer starken und sich steigernden Erregung stand über etwas, das nur sie allein anging.

Ein- oder zweimal sah es aus, als wolle sie aufstehen und eine Frage stellen, aber jedesmal, so schien es mir, wurde sie von einer Hemmung zurückgehalten, die noch stärker war als ihr Impuls zu sprechen. So ergab es sich, daß ich sie immer genauer beobachtete, bis mir war, als bedeute ihr das von mir Gesagte in diesem Augenblick mehr als irgendjemandem sonst im Saal, Martha Jaeger nicht ausgenommen, und es kam soweit, daß ich gleichsam durch sie hindurch sprach, als sei sie für die übrigen Hunderte von Anwesenden eine Art Verstärker. Ich glaube, daß sie das instinktiv merkte und es ihr half, eine große und schwer erklärbare Scheu ihrer Natur zu überwinden, die, wie ich bald entdecken sollte, äußerst sensibel, schüchtern, wählerisch und introvertiert war.

Am Ende unserer letzten Zusammenkunft in Pendle Hill verschwand sie nicht, wie sonst, in der Nacht, vielmehr fand ich sie wartend an der Tür stehen, wo sie mich mit zaghafter leiser Stimme fragte, ob sie mich allein sprechen könne. Ich blickte in den fast leergewordenen Saal zurück und wollte vorschlagen, daß wir uns dort einen Platz suchen und ein paar Minuten miteinander reden sollten, ehe ich nach New York zurückfahren mußte, aber sie hatte sofort erfaßt, was ich dachte, und rief mit einigem Schrecken: „Oh bitte nicht hier! Hier ist solch ein Kommen und Gehen, und ich fürchte, es ist eine lange Geschichte, die ihre Zeit braucht. Ginge es nicht vielleicht, daß ich Sie nach New York zurückfahre, und wir reden unterwegs? Ich weiß, es ist viel verlangt, aber ich wäre Ihnen so dankbar. Es ist furchtbar wichtig, weniger für mich, als für ihn."

Ich hatte keine Ahnung, wen sie mit „ihn" meinen konnte. Sie war zu allen Vorträgen ohne Begleitung gekommen. Doch im Klang ihrer Stimme lag etwas, was mich nach allem sonst Vorausgegangenen überzeugte, daß ich unmöglich „nein" sagen konnte. Allerdings hatte ich ein paar Freunden schon versprochen, mit ihnen nach New York zurückzufahren. Aber die Dringlichkeit ihrer Bitte machte auf mich einen solchen Eindruck, daß ich sogleich zu diesen ging, um mich bei ihnen zu entschuldigen, und zurückkam, um mit ihr zu ihrem Wagen zu gehen.

Es war spät, wir gingen den Weg zwischen den dunkelgewordenen Gebäuden und entlang der alten Scheune, die längst ihrem ursprünglichen Zweck entfremdet worden war und der ‚Gesellschaft der Freunde' jetzt als bevorzugter Treffpunkt für ihre Andachten diente. Es war seltsam, wie sie unter dem funkelnden winterlichen Sternenlicht über uns emporragte wie eine große Kornkammer des Schicksals.

„Sie sagten, es sei wichtig für Sie und für ihn. Fährt er denn mit uns zurück?" fragte ich.

„Aber nein", rief sie fassungslos – mit Recht, doch das sollte ich erst später begreifen. „Er kommt nicht mit. Dazu ist es zu spät, aber ich wünschte, er wäre hier, denn ich bin sicher, er hätte alles darum gegeben, Sie kennenzulernen. Er muß so einsam gewesen sein – erst jetzt wird mir klar, wie sehr."

Sie hielt inne. Ich sagte nichts, denn ich spürte, daß man bei einem Menschen von so zartem Gleichgewicht nicht drängen oder bohren darf, sondern warten muß, bis Fragen und Antworten von selber und zu ihrer Zeit kommen. Und richtig, alsbald entspann sich eine Folge von Fragen und Antworten, freilich immer noch undeutlich und schwer zu fassen.

„Sagt Ihnen der Name Hans Taaibosch etwas?" fragte sie.

„Falls Sie meinen, ob ich jemanden gekannt habe, der so heißt, so ist die Antwort ‚nein'; aber auf andere Weise doch: irgendwelche Bedeutungen sind für mich zwar nicht damit verknüpft, aber eine Reihe von Assoziationen", sagte ich, beinahe erschrocken, hier und jetzt einen solche Namen zu hören.

„Oh bitte sagen Sie, was für welche!" Ich spürte ihre Ungeduld, und doch lag in ihrer Stimme unverkennbar eine Mischung aus Enttäuschung und Spannung; Enttäuschung, so schien mir, weil ich niemanden dieses Namens kannte, und doch auch Spannung, weil er für mich nicht so gänzlich bedeutungslos war, wie sie offenbar nicht ohne guten Grund gefürchtet hatte.

Wir waren bei ihrem Wagen angelangt, und ich öffnete ihr rasch die Tür. Da es so kalt war, drängte ich: „Steigen Sie rasch ein, unterwegs erzähle ich Ihnen alles, was ich weiß."

Ich schloß die Tür und ging hinten um den Wagen herum; ich erinnere mich, daß ich dabei in die frostklare Nacht hinaufblickte. Noch nie hatte ich auf der nördlichen Halbkugel solch einen sternenübersäten Himmel gesehen und die Sterne selbst so groß und deutlich und ihr Licht so scharf und lebendig erblickt. Kein anderer von all den je von mir erlebten nördlichen Sternenhimmeln ist dem der afrikanischen Wüste so nahegekommen wie damals dieser – vielleicht war dies ein weiterer Grund, weshalb ich beim Einsteigen in den Wagen das Gefühl hatte, nur technisch in Amerika, ureigentlich aber im Herzen eines winterlichen Ödlandes in der Kalahari zu sein. Trotz aller dazwischen liegenden Meilen war mir, als sei mein Herz nicht auf der Fahrt von den Außenbezirken einer amerikanischen Großstadt zu einer anderen, sondern von einem Lager zum nächsten, wo jemand mit dem absonderlichen Namen Taaibosch keineswegs fehl am Platze gewesen wäre. Diesen Ungereimtheiten samt anderen verwandten kaum deutbaren Gefühlsregungen entsprang eine gewisse Scheu, die mich schweigen ließ. Wir mochten ein oder zwei Meilen gefahren sein, als sie mich daran erinnern mußte, daß ich ihr noch nicht gesagt hatte, was mir der Name Hans Taaibosch bedeute.

„Nun, ich habe ja schon erwähnt", begann ich – ungewiß, ob meine Worte sich zart genug durch einen Bereich vortasten würden, der für sie offenbar von so schmerzlicher Bedeutung war – „daß ich niemals jemandem dieses Namens begegnet bin und daher Ihren Hans Taaibosch nicht gekannt haben kann. Andererseits steht für mich außer Zweifel, daß ein Mensch mit diesem Namen nur aus Südafrika stammen kann und daher ein Landsmann von mir sein muß. Hans ist als Vorname in Südafrika so gebräuchlich wie in Deutschland. Weit ungewöhnlicher ist der Nachname, Taaibosch. Das ist auf Afrikaans der Name einer der zähesten Pflanzen im Lande: ein Strauch, der nicht nur die allerstrengsten der vielen südafrikanischen Dürrezeiten überlebt – sie treten durchschnittlich alle drei Jahre auf –, sondern der auch während einer solchen Dürre grün bleibt.

„Eigentlich besteht diese Bezeichnung aus zwei Wörtern. Das erste, taai, heißt zäh in jedem Sinne, den das Wort im Englischen hat, wozu aber noch die Nuance der Unzerstörbarkeit kommt, die der angelsächsischen Entsprechung fehlt. Das andere Wort, bosch, ist natürlich auch Afrikaans und bezeichnet einen kleinen Strauch oder Busch im südafrikanisch-englischen Sinne des Wortes."

„Oh, wie schön! Wie mich das freut! Er hätte keinen besseren Namen haben können", unterbrach sie mich mit so spürbarer Freude, daß ich es fast grausam fand, hinzuzufügen, was ich noch zu sagen hatte.

„Der Name mag wohl für Ihren Freund sehr passend gewesen sein, aber wahrscheinlich hat er ursprünglich gar nicht so geheißen." So rücksichtsvoll wie ich konnte fuhr ich fort: „Er klingt mir wie die Art von Namen, die meine Landsleute vor etlichen Generationen den Farbigen am Kap gaben, deren Nachnamen sie entweder zu schwierig auszusprechen fanden oder einfach für zu unwichtig hielten, um sie zu gebrauchen. Ich fürchte, das ist auch wieder eines der Anzeichen für unsere historische Geringschätzung der Wesensart und der persönlichen Würde der eingeborenen Völker Afrikas. Erfreulicherweise wird das heute anders, aber die Zeit ist noch nicht lange vorüber, in der man Namen dieser Art völlig willkürlich allen bei Europäern bediensteten Afrikanern anhängte, und noch üblicher war das bei Euro-Afrikanern, da sie keinerlei Stammeszugehörigkeit oder Rassenintegrität besaßen, die ihnen Schutz geboten hätte. Ich möchte daher annehmen, daß Ihr Hans Taaibosch ein Farbiger war. Nein, nicht ein Farbiger im amerikanischen, sondern in dem spezifischen südafrikanischen Sinne, wo man darunter Menschen gemischten eingeborenen und europäischen Blutes versteht. In Ihrem Fall würde ich sogar noch weitergehen und vermuten, daß Ihr Hans Taaibosch höchstwahrscheinlich von Hottentotten abstammt. Aber ich habe ja gar nicht gewußt, daß Sie jemals in Südafrika gewesen sind. Vielleicht sagen Sie mir, wo Sie ihn dort getroffen haben, dann könnte ich seine Herkunft möglicherweise genauer bestimmen."

Meine Augen hatten sich inzwischen an die Dunkelheit gewöhnt, und das Sternenlicht war so hell, daß ich den Umriß ihres Kopfes über dem Lenkrad erkennen und sehen konnte, wie sie ihn schüttelte; meine Antwort muß ihr eine mir unbegreifliche Enttäuschung gewesen sein, denn mit fast tonloser Stimme erwiderte sie: „Ich bin nie in Südafrika gewesen. In dem Punkt kann ich Ihnen nicht helfen, so gern ich es täte, weil mir so unendlich viel daran liegt, jetzt alles über ihn zu erfahren, was nur möglich ist."

Sie sprach nicht weiter, und wenngleich mir der Nachdruck, den sie auf dieses „jetzt" gelegt hatte, nicht entgangen war und der mich durch seine Heftigkeit beunruhigte, schwieg auch ich, denn es gab für mich nichts hinzuzufügen, und ich hatte auch nicht die leiseste Ahnung, worauf sie eigentlich hinauswollte, bis sie bemerkte, als hätte sich ihre Hoffnung neu belebt: „Sie haben eben gesagt, er könne möglicherweise von Hottentotten abstammen, und in einem Ihrer Vorträge in Pendle Hill haben Sie gesagt, daß die Gottesanbeterin in Afrika als der Gott der Hottentotten gilt. Sind Hottentotten und Buschmänner vielleicht dasselbe?"

„Leider nein", antwortete ich. „Wohl haben sie einige Züge gemein, aber die Buschmänner sind ein völlig anderes Volk."

„Wieso und warum?" fragte sie so schroff, als könne sie die Antwort gar nicht abwarten.

Ich erklärte es ihr ziemlich ausführlich und sehr behutsam, tiefer überzeugt als je, daß ihr weit mehr daran gelegen war, als ich wissen konnte. Nachdem ich geendet hatte, schien sie keineswegs entmutigt und erklärte, wobei sie zur Bekräftigung mit der Linken auf das Lenkrad schlug: „Je mehr Sie erzählen, um so gewisser bin ich, daß er einer von ihnen war. Irgendwo, irgendwann war er einer von ihnen. Und ich muß Ihnen eines sagen: Als Sie uns von diesen Menschen und ihren Geschichten zu erzählen anfingen, hatte ich sofort das Gefühl,

Sie erzählten mir etwas von Hans Taaibosch, was ich hätte wissen müssen, aber eben nie gewußt habe, um ihn richtig zu verstehen und das Wunder in ihm zu sehen, das er war. Ich hatte fast das Gefühl, Sie seien eigens seinetwegen zu uns herübergekommen, und als sei ich als seine Mittlerin dabei, um zuzuhören und aufzunehmen, was Sie uns zu sagen hatten – als müßte ich Sie und ihn irgendwie zusammenbringen. Ich weiß, es klingt völlig unsinnig, aber dies Gefühl ist jetzt noch stärker geworden, obwohl alles, was Sie mir gesagt haben, dagegen zu sprechen scheint. Er muß, ja er muß einfach einer von ihnen gewesen sein. Ist es denn ganz unmöglich, daß ein echter Buschmann einen Namen wie Hans Taaibosch gehabt haben kann?"

„Nein, natürlich nicht", sagte ich und kam mir wieder fast wie ein Verbrecher vor, weil ich weiterreden und meine Behauptung erläutern mußte. „Wenn er das Brandmal eines solchen Namens trug, dann war er wahrscheinlich kein reiner Buschmann, sondern ein Mischling aus Europäer- und Buschmannblut; oder er war zumindest derart entwurzelt, daß er keinesfalls mehr für typisch gelten kann."

„Aber ich versichere Ihnen", erwiderte sie heftig, beinahe entrüstet, „in seinem Aussehen gab es gar nichts, was auf europäisches Blut hindeutete. Er sah genau so aus wie die Buschmänner in der Wüste, die Sie uns geschildert haben. Er muß einer von ihnen gewesen sein, wenn auch völlig entwurzelt, wie Sie sagen, sonst hätte ich ihn nicht so kennengelernt, wie ich es getan habe."

„Wo haben Sie ihn denn kennengelernt?" fragte ich.

„Aber doch hier, in New York. Ich dachte, das war von Anfang an klar."

Für sie mochte es klar gewesen sein, für mich hingegen hätte nichts unklarer oder überhaupt unwahrscheinlicher sein können. Der große Delawarefluß lag schon ein gutes Stück hinter uns. Wir hatten ihn nicht weit von der Stelle überquert, an der vor gut zweihundert Jahren der historische Übergang von George Washington stattgefunden hat, und da wir auf einer tief im Wasser liegenden Fähre übergesetzt hatten, waren wir dem dunklen Fluß, der so breit und doch so tief strömte und in die Nacht drängte, ganz nahegekommen. Diese Nähe und der Umstand, daß es Mitternacht war, riefen bei mir ein Gefühl hervor, als nähme ich teil an dem rituellen Fortgang eines Traumes, und zugleich hatte ich auch die Empfindung, als hätten wir nicht nur eine physische Grenze überschritten, sondern eine Trennungslinie in Raum und Zeit, wo die Wirklichkeit so umfassend ist, daß man alles jemals Wahrgewesene einholen und zurückgewinnen kann – bis ich wieder zu mir kam wie von einem Wecker aufgeschreckt und bemerkte, wie hoch die Silhouette von New York schon vor uns in den Himmel emporragte. Ich sah eine große Lichtsäule nach der anderen aufsteigen und das Dunkel vor uns wie ein Feuerwerk erleuchten. Mehr noch als zuvor belasteten mich die Ungereimheiten in allem, was mir meine Gefährtin zumuten wollte, und auch das, was mit dieser Laune des Zufalls (vor dem ich soviel angeborenen Respekt habe) an Weiterungen verknüpft war – dieser verwegenen Laune, die es bewerkstelligt hatte, daß sich in solch einer Stadt diese kultivierte und weltstädtische Frau und ein Buschmann begegnet sein sollten, während doch kaum einer meiner Landsleute je eine Chance gehabt hat, einen zu Gesicht zu bekommen.

Doch das letzte, was ich wollte, war, ihr das, was ihr die Begegnung mit diesem mysteriösen Hans Taaibosch bedeutete, dadurch zu mindern, daß ich mich über die vielen Unwahrscheinlichkeiten in dem Gehörten allzu sehr ausließ. Mir schien, ich sollte ihr zumindest einen – wie ich hoffte – nützlichen Vorschlag machen. „Nun, das läßt sich ja leicht bewerkstelligen, Sie brauchen uns nur zusammenzubringen, und bestimmt kann ich Ihnen dann in wenigen Sekunden sagen, was es für eine Bewandtnis mit ihm hat."

„Ach, das geht leider jetzt nicht", sagte sie in einem Ton, der mir ans Herz griff. Ich brachte es einfach nicht über mich, sie zu fragen, weshalb nicht; ich merkte, ich mußte warten, bis sie soweit war, es mir zu sagen.

„Aber Sie müssen ihn doch eigentlich selber danach gefragt haben?" sagte ich, nachdem ich eine Weile mit mir zu Rate gegangen war.

„Ach leider nein. Zu der Zeit, als ich ihn kennenlernte, kam er mir so völlig wie einer von uns vor. Und bevor Sie uns von den Hottentotten und Buschmännern erzählt haben, hatte ich sowieso noch nie etwas von ihnen gehört. Ich wußte eben nicht genug, um vernünftige Fragen stellen zu können. Sehen Sie, das ist ja gerade das Furchtbare. Er muß uns soviel zu sagen gehabt haben, wenn wir nur genug gewußt hätten, um es aus ihm herauszulocken und zu begreifen, wie wir das, was er uns zu sagen haben würde, aufzunehmen hätten. Auch sah er immer so glücklich aus, daß man gar nicht auf den Gedanken kam, es könne ihm an etwas wichtigem in seinem Leben mangeln. Ach, wie phantasielos man sein kann! Und nun ist's natürlich zu spät."

Sie schwieg eine lange Weile. Der Umriß der Stadt stieg rasch höher und nahm schließlich den ganzen Himmel ein, so daß uns der beschwörende Anruf der sternenerfüllten Mitternacht entrissen wurde und sich der archaische Augenblick von der Furt des drängenden Flusses, jener Augenblick der Zugehörigkeit und des bedeutsamen Überganges im Dunkel hinter uns verlor, denn vor uns riß so etwas wie eine künstlich arrangierte Gegenwart aus Straßkristall alles an sich.

Zum Glück war sie daran mehr gewöhnt als ich, und in dieser Hinsicht zumindest war sie offenbar nicht aus der Fassung zu bringen, denn es war sie, die zuerst das Schweigen brach und heiterer als irgendwann zuvor während der Fahrt sagte: „Aber ich habe etwas, das ich Ihnen zeigen kann und das Ihnen vielleicht hilft, mir genau zu sagen, was er war. Bitte, darf ich es Ihnen morgen bringen? Zu jeder Zeit, die Ihnen paßt?"

Einem so betroffenen und so eifrigen Menschen konnte ich nicht „nein" sagen, und mittlerweile gab es ohnehin kaum eine andere Wahl. Seit der ersten Mitteilung von Martha Jaeger, daß die Mantis in einem Traum in Amerika aufgetreten war, hatte ich mich eigentlich noch nie so wenig als jemand gefühlt, der eine Wahl trifft. Im Gegenteil, ich fühlte mich erwählt – weshalb und wofür, war freilich noch unklar; ich wußte einzig, daß die Schwierigkeit beim Erwähltsein darin liegt, daß die Wahl bereits vollzogen, alle Fragen persönlicher Alternativen ausgeschaltet sind und kein anderer Ausweg bleibt, als sich dem zu unterwerfen, was immer es sein mag, das sich so geheimnisvoll aus der Unzahl von Möglichkeiten, die je nach Zufall oder Umständen variieren können, gerade uns herausgesucht hat.

Es waren meine beiden letzten, gedrängt vollen Tage in Amerika, die ich schließlich noch mit einem abendlichen Abschiedstreffen bei Martha Jaeger beenden sollte. Doch da auch diese junge Frau eingeladen war, schlug ich ihr vor, wir sollten hinterher in das Apartment gehen, das mir von meinen Verlegern in der Park Avenue South zur Verfügung gestellt worden war, und uns dort weiter mit der Frage der Identität von Hans Taaibosch befassen.

Im Augenblick gab es eigentlich nichts weiter zu sagen, und ich war willens, mich still zu verhalten und bis dahin zu warten. Sicherlich haben wir aber über dies und jenes geredet, denn die Fahrt bis zu meinem Apartment dauerte noch etwa eine gute halbe Stunde. Ich kann mich jedoch nicht mehr erinnern, daß noch irgend etwas von Bedeutung zwischen uns besprochen worden wäre – so sehr war bereits das Problem „Hans Taaibosch" zum Mittelpunkt meiner Gedanken geworden. An eines kann ich mich aber noch erinnern: daß wir auf unserer Fahrt durch die Fifth Avenue und am Central Park entlang gefahren sind und die ganze Strecke mit Weihnachtsbäumen geschmückt war. Die Bäume strahlten eigentlich nicht, sondern glühten mit ihren elektrischen Lichtern, jeder grüne Wipfel so angeleuchtet, daß ich – zum ersten Mal, glaube ich – mich mit diesem künstlichen Licht befreundete und, daß es meinen an Lampen und Kerzen gewöhnten Augen ganz heimatlich vorkam. Dadurch wurde auch das Gefühl für den mitternächtlichen Himmel und seine Sternenfülle über der archaischen Furt wieder in mir wach, und ich empfand diese tiefe Verschmelzung als echte Nachfolge jener Nacht, von der die Hirten als einer stillen und heiligen Nacht gesprochen haben und von der wir in Afrika, als ich selber jung war, um diese Jahreszeit gesungen haben.

MANTIS BLEIBT AUF DER SPUR

Am folgenden Tage hatte ich soviel zu tun, daß wir von dem Abschiedstreffen bei Martha Jaeger erst spät abends in mein Apartment zurückkehrten, wo meine Sachen noch ungepackt dalagen. Dabei mußte ich am nächsten Tag frühmorgens nach England fliegen, wenn ich rechtzeitig zu Weihnachten daheim sein wollte. Überdies war ich müde, nicht bloß körperlich, sondern auch müde der Menschen mit ihren endlosen Fragen und Forderungen während der anstrengenden Wochen hinter mir. Hin- und hergerissen zwischen äußeren Umständen und Notwendigkeit, mit dieser Frau bei all meiner Wißbegier doch geduldig und behutsam umzugehen, geriet ich in eine fast unerträgliche innere Spannung.

Rasch half ich ihr aus dem Mantel und führte sie zu einem bequemen Sessel, Ich zog die Vorhänge zu, so daß der nächtliche Verkehr, der in Richtung der alten Grand Central Station vorüberbrauste, sich nur wie eine Art Passatwind der Zeit anhörte, der das Schiff der entblößten Erde über den Horizont ihrer aufgewühlten Wasser trägt.

Tatsächlich war es in dem geräumigen angenehmen Apartment so still, daß ich hören konnte, wie sich der große Kühlschrank in der Küche einschaltete und sein Motor vibrierte, als sei er verantwortlich für die Dynamik dieses Mysteriums, das zu dieser späten Stunde in dem tiefen behaglichen Zimmer sichtbar gemacht werden sollte.

Ich setzte mich nahe zu ihr und wartete, ich fürchte, mit mühsam verhehlter Ungeduld, daß sie mir zeigte, was sie mir mitgebracht hatte. Wie ich aus der großen, mit roten Bändern zugebundenen Mappe aus Karton schloß, die sie an ihren Sessel gelehnt hatte, mußte es eine Zeichnung, ein Gemälde, eine vergrößerte Photographie oder dergleichen sein. Anscheinend eilte es ihr aber nicht, es mich sehen zu lassen. Statt dessen versuchte sie, mich in ein Gespräch über die Party und die anderen Gäste zu ziehen. Ich war drauf und dran, mich gegen derlei Belanglosigkeiten energisch zur Wehr zu setzen und rundheraus zu verlangen, sie möge endlich zur Sache kommen.

Ich beugte mich vor, um sie zu unterbrechen, und sah dabei ihr Gesicht deutlicher. Auf der Stelle schwand jede Versuchung, mir irgendwelche Ungeduld anmerken zu lassen, so offensichtlich war ihre Verängstigung, jetzt, in diesem Augenblick, in dem sie dem Urteil über das letzte ihr verfügbare Beweismittel entgegensah und mit dem sie sich, wie ihr klar war, als endgültig werde abfinden müssen. Es bedurfte einiger Überredung, ehe sie mich die Mappe auf den Tisch zwischen uns legen ließ, und es war beinahe so, als wolle ich einem Kind, das noch nicht sprechen kann, ein Lieblingsspielzeug aus der Faust winden, so daß ich mich danach gleich wieder zurücklehnte und die Mappe ungeöffnet vor ihr liegen ließ. Damit war jedoch der Bann gebrochen; sie beugte sich vor, und ich sah ihre Finger zittern, als sie das Band aufknotete. Und noch einmal hielt sie inne, ehe sie den schweren Kartondeckel aufklappte, um etwas zu enthüllen, das schattenhaft in einem großen weißen Bogen Seidenpapier lag. Wieder wurde sie unsicher, und ich geriet in Versuchung, mich vorzubeugen, selber das Papier zu fassen und rasch beiseite zu ziehen. Doch hielt mich das Gefühl zurück, es käme einem Sakrileg gleich, dies einer Frau anzutun, die dieses Ding, was es auch sein mochte, mit solcher Zartheit und Hingabe gehütet hatte. Das Geheimnis war ihr Kind, und wenn es je entkleidet werden und nackt und ohne Scheu vor uns stehen sollte, so hatte einzig ihre Hand das Recht dazu.

So schwieg ich und fühlte mich hilflos, bis sie plötzlich aufblickte – die grauen Augen dunkel vor Furcht – und ausrief: „Es muß Ihnen töricht vorkommen, aber jetzt, wo es soweit ist, habe ich Angst, es Ihnen zu zeigen. Wenn ich es zeige, bedeutet das vielleicht das Ende von etwas, das mir sehr teuer gewesen ist, auch wenn es nur in meiner Phantasie wahr gewesen sein mag."

Ich versuchte, ihr gut zuzureden. Ich sagte irgend etwas Banales, wie, daß nichts je die Wirklichkeit einer Phantasie zerstören könne, die wahrhaft aus dem Herzen komme, wie es meiner Meinung nach bei ihr der Fall zu sein scheine. Was auch immer die Wahrheit sei, jedenfalls fördere sie und mindere nicht etwa die Bedeutung der Wirklichkeit, der ihre Phantasie gedient habe.

„Meinen Sie wirklich?" fragte sie – eigentlich nur rhetorisch, denn meine Worte schienen sie bereits soweit ermutigt zu haben, daß sie das Seidenpapier behutsam an einer Ecke faßte und sachte beiseitezog.

Ich erblickte die Photographie eines in Bronze gegossenen Männerkopfes. Es war nicht nötig, sie hochzuheben und näher ans Licht zu halten. Wer diesen Kopf geschaffen hatte, mußte ein ungewöhnlich begabter Mensch sein, denn der Kopf war vorzüglich und mit der Treffsicherheit einer absolut zwingenden Bildnerphantasie modelliert. Im Lichte der Tischlampe kam das Gesicht so deutlich plastisch heraus, daß es lebhafter, lebendiger und überzeugender wirkte, als ich es bei einer Photographie oder einem Gemälde für möglich gehalten hätte.

Zudem war der Kopf in einem panchromatischen Ton kopiert, der dem natürlichen Aprikosenbraun seines Urbildes sehr nahekam – denn ein Blick hatte genügt, um mich zu überzeugen, daß ich das Gesicht und den Kopf des echtesten aller echten Buschmänner vor mir hatte.

Ich war ganz und gar überzeugt; und die Hoffnungen und Ängste dieser Frau hatten mittlerweile so lang und so stark auf mich gewirkt, daß ich am liebsten eine Antwort, die ihr ein für allemal jeden Zweifel genommen hätte, laut herausgeschrien hätte. Und obwohl ich mit so verhaltener Stimme sprach, wie mir nur möglich war, klangen mir meine Worte dennoch unnatürlich laut in den Ohren: „Hans Taaibosch, nehme ich an."

Beim Aussprechen der Worte „nehme ich an" kam ich mir vor wie ein Stanley am Ende aller Zeiten – getrieben von einer tiefen unerklärlichen Furcht und dem seiner eigenen Zeit gemäßen Gefühl eines Verlustes –, der entdecken wollte, was aus einem Livingstone der Steinzeit geworden war, der schon lange verschollen und offenbar bei einer Forschungsreise ins Innerste des dunklen New York in Gefahr geraten oder gar umgekommen war. Es war eigentlich zum Verwundern – so stark war meine Überzeugung, den gefunden zu haben, der von ihr, aber ebensosehr auch von mir unbewußt erwartet worden war –, daß ich der Photographie nicht auch die Hand hinstreckte.

Sie sagte weder ja noch nein, vermutlich, weil sie mittlerweile nur auf das Wesentliche fixiert war. Sie preßte die Hände zusammen und sagte mit einer Stimme, die vor Hast erstickt klang: „Aber ist es einer, bitte, ist es einer, oder ist es keiner?"

Überflüssig, zu fragen, wer mit „einer" oder „keiner" gemeint war, und ich beeilte mich, ihr zu versichern – selbst erstaunt, wie lebhaft ich mich darüber freute, es ihr sagen zu können –: „Ja, gewiß, es ist einer.

Es ist der echteste aller echten Buschmänner, dem Sie hätten begegnen können."

„Mein Gott", rief sie und konnte es noch nicht recht fassen, daß sie wirklich Recht gehabt hatte, und als ihr das aufging, saß sie gleichzeitig überwältigt und bescheiden geworden da.

Sie lehnte sich in ihren Sessel zurück, nahm ihren Kopf in beide Hände, und ein Schauer durchfuhr sie bei dem, was immer das Menschenherz empfindet, wenn es seine geheimsten, einsamsten und unwahrscheinlichsten Intuitionen, die es gegen allen Widerstand von Zeit, Umständen und Ort gehegt hat, endlich gerechtfertigt sieht.

Dies ist eine Stelle im menschlichen Geist, an dem ich zuweilen selbst in ähnlicher Weise gestanden habe, und ich wußte, wie sehr Schweigen und Achtung vonnöten sind, damit sich die Dankbarkeit entfalten kann, die durch ein solch großmütiges Verhalten des Lebens selbst gegenüber den ach so flüchtigen, unwahrscheinlichen und verwundbaren Eingebungen unseres Herzens in uns erweckt wird, und ich konnte nichts zu diesem Augenblick beitragen – trotz der unerklärten Ungereimtheit und Unwahrscheinlichkeit alles dessen, was von dem Bildnis des Hans Taaibosch her auf mich eindrang, das da, zu dieser Zeit, in solch einer Stadt, auf dem Tisch lag – als daß ich wiederholte, wie wenn die Worte ein Wiegenlied wären, das schließlich jegliche Furcht einschläfert: „Ja, das ist der Kopf eines Buschmannes, ein schöner Kopf seiner Art. Sehen Sie nur die breiten hohen Backenknochen, den mongolischen Schnitt der Augen, die spitzen Pansohren, das ovale Gesicht, das wohlgeformte Kinn, den eigenartigen pfefferkornartigen Haarwuchs. Kein Zweifel, das ist der Kopf eines Buschmannes mit den denkbar reinsten klassischen Zügen. Was in aller Welt hatte er aber in New York zu suchen, und wer hat den Kopf geschaffen und so vorzüglich modelliert, und . . ."

Meine Fragen überstürzten sich jetzt derart, daß sie ihre Hände vom Gesicht nahm, sich aufrichtete und mich mit klaren ruhigen Augen anblickte.

Als sie mich unterbrach, war es nicht, um irgendeine meiner Fragen zu beantworten, sondern um dem Gesagten hinzuzufügen: „Sie hätten ihn selbst sehen sollen, und Sie hätten diesen kleinen Körper wiedererkannt, so wohlgeformt, wie Sie ihn uns beschrieben haben, die Füße zierlich und klein, die Fesseln schmal, und ein Hinterteil, das ebenso weit nach hinten hinausragte wie vorn der Bauch, beide so rundlich vorspringend, wie es nach Ihrem Bericht in guten Jahren in der Wüste immer der Fall ist, und ich kann glücklicherweise sagen: seit ich ihn hier in New York kennengelernt habe, hat es für ihn nur gute Jahre gegeben."

Zum ersten Mal sprach sie in leichtem Ton, und auf ihrem Gesicht stand ein Lächeln bei dieser Erinnerung an Hans Taaiboschs kindlich-männliche Gestalt, und sie konnte jetzt geradezu heiter auf eine Besonderheit von allem, was ich ihr über die Buschmänner erzählt hatte, anspielen, daß der Körper eines Buschmannes Merkmale aufweist, die man bei keinem anderen Menschenleib auf der Erde findet, wie eben zum Beispiel dieses Hinterteil. Darin kann er in einem guten Jahr Nahrung für kommende magere Zeiten speichern. Das Hinterteil bedeutet für seinen Körperhaushalt das, was der Höcker für ein Kamel oder Kudu oder auch für das ‚Ngoni-Vieh' der Zulus und was der Fettschwanz für das Schaf der Hottentotten ist. Das ist der biologische Echtheitsstempel, den Afrika allem aufdrückt, was ihm besonders angehört, und es ist das Mittel, mit dem es seine Kinder gegen die langen Jahre des Mangels und der Dürre wappnet: es gibt ihnen Buckel, Schwänze oder Hinterteile, wie sie keine andere Menschengattung aufweist, als Nahrungsspeicher. Natürlich hatte ich ihnen allen erzählt, wie ich während einer guten Zeit mit Regen und Nahrung in der Wüste die Hinterteile der Buschmänner zu enormer Größe hatte anschwellen und während magerer Zeiten derart schrumpfen sehen, daß sie fast wie jedes normale Hinterteil aussahen; und offensichtlich hatte sie früher aus der Erinnerung an diese Tatsache Widerstandskraft gegen ihre Zweifel gewonnen, wie ihr veränderter Ton erkennen ließ.

„Ja", sagte sie mit unerwarteter Heiterkeit, „ich will nicht behaupten, daß er je so wohlgenährt war, daß er jenem Buschmann geglichen hätte, von dem Sie uns erzählt haben, dessen Hinterteil so weit vorsprang, daß man eine Flasche Schnaps und zwei Gläser darauf stellen konnte; aber einen besonderen Schneider mußte man für ihn schon suchen. In den Läden war nie etwas zu finden, das ihm ohne weiteres gepaßt hätte. Immer mußte für Hosen, Jacke und Weste sorgfältig Maß genommen werden, nach dem sie zugeschnitten wurden, damit sie dieser ungewöhnlichen kleinen Figur paßten. Und ..."

Ihre Stimme geriet ins Stocken, zweifellos, weil sie ihn in einem nur ihr eigenen visuellen Idiom vor sich sah, für das Worte, und seien sie noch so treffend, keinen Ersatz bieten können. Ich wünschte, ich hätte ihr hierin folgen und ihn ebenso deutlich vor mir im Zimmer stehen sehen können, dann wäre der letzte Wirbel von dem Sturm der Verblüffung in mir – verursacht durch die Ungereimtheit seiner Anwesenheit in New York, so weit entfernt von seiner natürlichen Heimat – hinter mir verklungen und es wäre ein für allemal vorbeigewesen mit sämtlichen Einwänden von Vernunft und Logik gegen das, was das männliche Gefühl für die Wichtigkeit von Gesetz und Ordnung im menschlichen Bereich so verletzte: nämlich sein Auftreten auf einer solchen Bühne.

„Und dann sein Lachen!" Sie nahm den Faden ihres Berichtes wieder auf. „Ich wünschte, Sie hätten ihn hören können, denn auch sein Lachen glich völlig dem

Buschmannlachen, von dem Sie uns erzählt haben. Es war unwiderstehlich. Es genügte schon, ihn lachen zu hören, und man konnte nicht anders, man mußte einfach mitlachen, ohne überhaupt zu wissen, warum. Als Sie uns sagten, Sie würden alles, was Sie in der Welt besitzen, dafür hingeben, um so lachen zu können, da haben Sie nur gesagt, was ich oft empfunden habe, wenn ich mit ihm zusammen war."

Von alledem, was sie bis dahin gesagt hatte, griff mir dies vielleicht am meisten ans Herz. Der Gedanke, daß ein solches Kind der Wüste, als das er sich nunmehr entpuppt hatte, sogar in dieser Wolkenkratzerwelt noch immer hatte lachen können, hatte für mich etwas Erschütterndes. Alles deutete auf das eine, überwältigende Faktum hin: seine Verbundenheit mit dem Leben, die so typisch für den Buschmann und so stark ist, daß nichts, nicht einmal das Exil in einer so extremen, niemals von ihm vorgestellten und für ihn durchaus unvorstellbaren Welt diese Verbundenheit zerstören konnte. Und ich fragte mich, ob ich, hätte ich ein solches Lachen an einem solchen Ort gehört, imstande gewesen wäre, mich so daran zu freuen, wie es diese Frau offenbar getan hatte, und ob es mich nicht vielleicht etwas erschreckt und womöglich überwältigt hätte, als fordere es den Vergleich mit unserer eigenen blutleeren Fähigkeit zum Lachen heraus, der so schrecklich ist, daß er zu einem fürchterlich mahnenden Hinweis darauf wird, wie rasch die Flut des instinktiven und unmittelbaren Lebens in uns zurückgeebbt ist.

Dies alles und dazu noch andere ungewohntere Gefühle und Reaktionen bedrängten mich und ließen mich daran denken, daß es Zeit war, uns dem zuzuwenden, was man heutzutage ‚Fakten' nennt, und in der richtigen Reihenfolge mit dem Anfang anzufangen, wenn ich noch soweit kommen wollte, Hans Taaibosch selber kennenzulernen und mich mit seinem Auftreten an diesem unwahrscheinlichen Ort auszusöhnen.

„Meinen Sie nicht, Sie sollten mir, ehe Sie weitersprechen, erzählen, wie er hierher gekommen ist, wie sein Leben war, was er hier getan hat und wie es kam, daß Sie ihn kennengelernt haben: überhaupt alles, an das Sie sich erinnern können – alle Einzelheiten, bis zu der Frage nach dem Namen des Bildhauers, der diesen Kopf geschaffen hat?"

Sie begann mit der letzten Frage und brachte ziemlich verlegen vor, daß sie selbst den Kopf gemacht habe und daß, wenn überhaupt etwas Gutes an diesem Bildnis sei, dies daherkomme, daß er ein so vorzügliches Modell gewesen wäre. Er habe sich so darüber gefreut, porträtiert zu werden, wie sonst keiner, der ihr je gesessen habe. Jeden Augenblick habe er genossen, sagte sie, und irgendwie habe er in ihr das Gefühl hervorgerufen, dies sei die wichtigste je von ihr geschaffene Arbeit, und er habe ihr auf einzigartige Weise zu verstehen gegeben, wieviel es ihm bedeutete.

So stand er zum Beispiel immerfort von seinem Stuhl auf und stellte sich neben sie. Jedesmal, wenn er bemerkte, wie ähnlich der Ton unter ihren Händen ihm selber wurde, tanzte er einen beredten kleinen Lobestanz für sie, ehe er vergnügt wieder zu seinem Stuhl zurücksprang.

Dann aber kam vor allem der Augenblick, in dem sie ihre Arbeit an seinem Kopf – soweit es ihr möglich war – vollendet hatte und sie trotz tiefer Unzufriedenheit wegen des noch Fehlenden die Worte aussprechen konnte, die für einen Künstler, der sich der vielen anderen, durch die vollendete Form ausgeschlossenen Möglichkeiten und Feinheiten der Interpretation und des Ausdrucks bewußt ist, ein Todesurteil oder eine Geburtsurkunde bedeuten kann: „Ich bin fertig."

Er war aufgeregt von seinem Stuhl aufgesprungen und hatte sich neben sie gestellt, ungewöhnlich schweigsam und still, während er das Tonmodell seines Gesichtes und Kopfes betrachtete. Er stand dort so lange ohne ein Wort, daß sie schon meinte, er wäre enttäuscht. Plötzlich aber brach es aus ihm hervor, fast wie ein Schrei: „Du Hans Taaibosch, du Kind von ..." Sie konnte nicht sagen, wessen Kind, denn das Wort hatte aus einer Reihe von Schnalzlauten bestanden, dergleichen sie nie wieder zu hören bekommen hatte, bis ich in Pendle Hill zu ihnen gesprochen hatte.

„Es muß geheißen haben: Kind von einem Buschmann, da bin ich ganz sicher; ‚Buschmann' in seiner

Muttersprache", warf ich ein.

Das schien sie zu freuen, und ohne Scheu sprach sie weiter. „Plötzlich rief er also, wie Sie meinen: ‚Du Kind von einem Buschmann, du. Was tust du da mit meinem Gesicht, aber ohne meinen Leib?' "

„Dann lachte er mit einem leisen tiefen Zwerchfell-Lachen der Zufriedenheit; darauf legte er, feierlich, wie ich es nie bei ihm erlebt hatte, eine Hand auf meine Schulter und fragte: ‚Hast Du das wirklich alles für den alten Hans Taaibosch getan – einfach für ihn?' "

„Ich sagte: ‚Aber ja, natürlich!' Und stellen Sie sich vor, er setzte sich auf den Boden in meinem Atelier und weinte – das erste und einzige Mal, daß ich ihn habe weinen sehen, und dann hörte er ebenso plötzlich auf, sprang hoch und tanzte ringsum im Atelier einen Tanz, der die Möbel erschütterte, wie ich bereits erschüttert war. Es war der schönste Tanz, den ich je gesehen habe, und wer zum Schluß in Tränen ausbrach, war ich, und nicht er."

„Das überrascht mich nicht", sagte ich. „Sie werden ihrer tiefsten Dankbarkeit immer eher in einem Tanz Ausdruck geben als in Worten. Das ist der schönste aller ihrer Tänze. Sie tanzen ihn für die zur Nahrung erjagten Tiere, um ihnen dafür zu danken, daß sie sich haben töten lassen, damit der Buschmann leben kann. Und ich sehe ihre Tänze nie, ohne tief bewegt zu sein und mir zugleich höchst ehrfurchtslos und blasphemisch vorzukommen, weil wir nicht fähig sind, einzusehen, was das Leben geben würde, wenn wir es nur ließen."

Sie schien für diese ausführliche Ergänzung dankbar zu sein, denn sie legte ihre Hand scheu und flüchtig auf meine, ehe sie sagte: „Doch was das Seltsamste war – von diesem Tag an war er, glaube ich, glücklicher als je zuvor und irgendwie selbstsicherer, gleichsam als hätte er seiner Länge eine Elle zugesetzt."

„Da sehen Sie, wieviel Sie ihm gegeben haben." Ich konnte nicht anders, in meiner Stimme schwang ein Ton mit wie: „Ich hab's Ihnen ja immer gesagt!", weil dies vielleicht den starken Selbstvorwurf zum Schweigen bringen konnte, unter dem sie Hans Taaibosch gegenüber zu leiden schien.

Ich hielt es nun für so wichtig, sie hiervon zu überzeugen, daß ich mich weiter darüber verbreitete und ihr sagte, sie habe ihm nach meiner Auffassung das gegeben, ohne das letztlich keiner von uns auskommen kann: einen „Akt der Anerkennung" seiner eigenen persönlichen Würde im Leben. Niemand, fände ich, könne das besser tun als ein Künstler; denn der Künstler erneuere unser Gefühl der Zugehörigkeit dadurch, daß er uns zu einem Teil seines Schaffensprozesses mache, der ja in den immer wiederkehrenden Vollzug und Akt der Schöpfung überhaupt eingebettet ist, von der wir entfremdet seien, wie es Hans Taaibosch zuvor gewesen sein müsse, und dadurch, daß er in uns das Gefühl erwecke, erkannt und wieder im Leben zu Hause zu sein.

„Ich glaube", sagte ich, „daß das, was Ihnen wie ein bloßes Porträt vorkommt, ein Spiegel für ein Allgemeines ist, das in ihm eine besondere Form angenommen hat." Ich betonte, daß Hans Taaibosch in dieser Hinsicht nichts Besonderes sei, um ihr recht deutlich zu machen, was sie nach meiner Meinung geleistet hatte. Ich wies darauf hin, daß keiner von uns, wie gesichert und dauerhaft auch unser Denksystem zu sein scheine, jemals sein volles Selbst erkennen könne, wenn ihm nicht zuvor ein positiver Akt der Anerkennung durch ein von ihm Unterschiedenes zuteil wird.

Was aber dieses unser System betreffe, so könne es kaum ungesicherter und verworrener sein, und unser individuelles Stückchen Anteil an der Gesamtheit drohe, in dem großen grauen unpersönlichen Kollektiv unserer Zeit – in dem sich jede Individualität trübe und verwischt widerspiegele – verloren zu gehen, diesem Kollektiv, das sich wie eine barbarische Horde zusammenrotte, um den Geist des Einzelmenschen zu überwältigen.

Wie groß oder klein auch der Drang unseres Herzens sei, wir alle bedürften zumindest eines anderen, damit aus uns der werden könne, der zu sein wir bestimmt seien. Das Mysterium unseres tiefsten Selbst, das Mysterium aller Dinge, das Mysterium der Schöpfung selbst geschehe immer zwischen zweien, wenn wir gewahrwerden, daß immer beides ist, ein „Du" und ein „Ich". Heute seien viele von uns dazu verdammt, das „Ich" und das „Du" vereinzelt und dunkel allein in uns selbst zu erfahren – ohne Bestätigung durch die Welt um uns. Ja, die meisten von uns seien so verkrüppelt, daß sie nur das eigene „Ich" und keinerlei „Du" mehr kennen. Was wir davon erfahren könnten, sähen wir nur durch den zersprungenen Spiegel unserer Zeit, und für Hans Taaibosch sei dieser wohl völlig zertrümmert gewesen bis zu dem Tag, an dem sie den Ton, noch warm von ihren Händen, als „fertig" erklärt habe und er endlich imstande gewesen sei, jene Spiegelung seines eigenen lebendigen Wertes zu erblicken, von der ich gesprochen hätte. „Lassen Sie bitte gelten, was für ein Glück es für ihn gewesen ist, daß das „Du" in ihm selbst auch ein „Du" außerhalb seiner selbst gefunden hat, das es ihm widerspiegelte."

„Sie sind für ihn ein solches „Du" gewesen", wiederholte ich, sie beinahe beschwörend, diese Feststellung anzuerkennen. „Überrascht Sie das denn so, und ist es nicht eigentlich reichlich undankbar, wenn Sie immer wieder in Frage stellen, was Sie selbst getan haben?"

HANS TAAIBOSCH ZU HAUSE

Sie dankte mir ernst und feierlich wie ein Kind, ehe sie fortfuhr, es gebe eine Unmenge solcher persönlicher Eindrücke, die sie mir schildern könne, aber, fügte sie entschuldigend hinzu, sie habe nur wenig Tatsachen aus erster Hand zu bieten. Das tue ihr jetzt besonders leid, die Schwierigkeit liege eben darin, daß Hans Taaibosch zu der Zeit, als sie ihn als Kind kennengelernt habe, so sehr wie ein Teil seiner Umgebung gewirkt habe, als habe er immer dazugehört, und so sei sie gar nicht auf den Gedanken gekommen, nach dem Vorher und Nachher seines Eintritts in dieses Leben hier zu fragen. Sie wußte nur vage, daß er in Afrika geboren war. Was jedoch sie und ihre Freunde angehe, so habe die Geschichte in Jamaica begonnen, um die Mitte des Ersten Weltkriegs, und selbst das wußte sie nur aus zweiter Hand. Sie selbst war damals noch gar nicht auf der Welt, und sie wußte alles nur durch die Familie des amerikanischen Anwalts, von dem Hans adoptiert worden war und in dessen Haus sie ihn kennengelernt hatte. Ja, es war ein Anwalt; er war tätig für einen großen amerikanischen Zirkus und Hans Taaibosch zuerst während eines Ferienaufenthaltes auf Jamaica begegnet.

An einem schwülen Abend war er in Kingston in ein Varieté in einem ziemlich schäbigen Theater gegangen, als plötzlich im Scheinwerferlicht Hans erschien, nackt bis auf eine Art Fellbikini; er tanzte und marschierte umher und präsentierte seine ungewöhnliche kleine Gestalt einem gelangweilten Publikum, das gut und reichlich gegessen und getrunken hatte und sich nun amüsieren wollte. Obwohl er der große Erfolg des Abends war und die Zuschauer sich über seinen Tanz und seine Figur vor Lachen ausschütten wollten, als sei es das Komischste, was ihnen jemals vor Augen gekommen war, fühlte sich der Anwalt, ein sensibler Mensch von ungewöhnlicher Einfühlungsgabe, von der Art dieses Lachens irgendwie abgestoßen.

Sie erinnerte sich noch, wie er erzählt hatte, das Lachen sei so überheblich und geringschätzig gewesen, als sei Hans Taaibosch nur dazu da, ihnen durch den Kontrast zu bestätigen, aus wie gutem, aus wieviel besserem Holze das Leben sie selber geschnitzt habe. Und er fühlte sich noch mehr davon abgestoßen, als er den Eindruck gewann – obwohl Hans Taaiboschs Darbietung so lebendig und es sogar glaubhaft war, daß er jeden Augenblick seiner Vorführung genoß –, daß dieser Mensch im Grunde seines Wesens ein tief einsames, trauriges, verstoßenes, ja gedemütigtes Geschöpf war. Er konnte es einfach nicht ertragen, und sein puritanisches Neu-England-Gewissen drängte ihn, nach der Vorstellung nach hinten zu den Künstlergarderoben zu gehen. Glücklicherweise traf er Hans Taaibosch allein an, und sie hatten genügend Zeit für ein Gespräch, so daß Hans ihm in seinem kuriosen Englisch bestätigen konnte, wie tief unglücklich und in welch hoffnungsloser Lage er war; zwar wünschte er sich sehnlichst, daraus erlöst zu werden, aber er hatte längst alle Hoffnung aufgegeben, ihr je entrinnen zu können.

Mehr hatten sie nicht miteinander sprechen können, als der Mann hereinkam, der sich für seinen Impresario ausgab. Es war ein großer Engländer, mit Schnurrbart und rotem Biertrinkergesicht, der von sich behauptete, Hauptmann in der britischen Armee zu sein, eine Behauptung, die dem scharfen analytischen Kopf eines Juristen sofort unglaubhaft vorkommen mußte – denn wie kam ein Hauptmann der Streitkräfte seiner Majestät dazu, sich in Jamaica mit Theater und Schaustellungen abzugeben, während sein Land in Europa in einem Krieg auf Leben und Tod stand? Das Betragen und die Manieren des Mannes vor ihm ließen den Anwalt darauf schließen, daß er der britischen Armee – wenn überhaupt – nur in einem weit bescheideneren Rang angehört haben konnte.

Im Augenblick freilich waren das alles akademische Fragen – ob Hauptmann, Reserveoffizier oder ein anderer Dienstgrad – hier auf britischem Territorium besaß dieser Engländer jedenfalls einen Status, den ein amerikanischer Anwalt nicht hatte. Hans Taaibosch befand sich genauso fest in der Gewalt dieses Menschen wie ein Sklave in der Gewalt eines Sklavenhalters zu jener Zeit, als die Sklaverei noch rechtens und respektabel gewesen war. Das bestätigten auch die Erkundigungen, die der Anwalt am nächsten Tage einzog, und doch war der Eindruck, den Hans Taaibosch auf ihn gemacht hatte, war vor allem sein Gefühl, daß hier ein seltenes Geschöpf in einer Falle gefangen saß, so nachhaltig und zwingend, daß er zu dem Entschluß kam, mehr in Erfahrung zu bringen und irgendwie zu versuchen, ihm zu helfen.

Für einen Augenblick unterbrach sie ihren mich immer stärker fesselnden Bericht, um auf etwas einzugehen, das für sie offenbar von ausschlaggebender Bedeutung war. „Sehen Sie, nicht nur auf mich hat Hans so gewirkt. Auch auf den Anwalt hat er den gleichen Eindruck gemacht – und der kannte schließlich die Welt und die Menschen, und wenn er auch bis zum Ende seiner Tage ein guter, sensibler und einfühlsamer Mensch geblieben ist, er muß doch in seinem Beruf oft genug von Menschen enttäuscht worden sein, um sich noch über Gebühr von jemand beeindrucken zu lassen. Dort aber, in einem Klima, das ihm, wie er mir sagte, widerwärtig war, weil er sich höchst unbehaglich darin fühlte, so daß er nie wieder hingegangen ist, reagierte er mit größter Energie und unternahm etwas, das seiner Natur ganz entgegen war.

Sie erzählte mir, wie listig er es angestellt hatte, Hans Taaibosch zu helfen. Zu allererst hatte er sich vorgenommen, sich seine Abneigung gegen den Impresario von Hans nicht anmerken zu lassen, und es so eingerichtet, daß er möglichst viel Zeit mit ihnen verbrachte. Er entdeckte dabei, daß es irgendwie dem sogenannten Hauptmann schon vor Jahren gelungen war – wievielen, wußte er nicht mehr –, Hans Taaibosch dahin zu bringen, Afrika zu verlassen und mit ihm um die Welt zu fahren, wobei der Hauptmann sich seinen Lebensunterhalt dadurch gewann, daß er Hans dem Publikum zur Unterhaltung vorführte oder vielmehr – wie sie es lieber nannte – zur Belustigung.

Da Hans weder lesen noch schreiben konnte, gab es keinen formellen geschriebenen Vertrag zwischen ihm und seinem Manager. Der Hauptmann hatte ihn völlig in der Gewalt, weil Hans niemanden hatte, den er hätte um Schutz bitten können. Die Sprache seines Geistes war für die heutige Welt ebenso fremd, unverständlich und von deren Sprache unterschieden, wie sich seine biologische ‚Sprache', nach der sein kleiner Leib gebildet war, von der der anderen Menschen unterschied; daher war der erste beste Schutz immer noch besser als gar keiner.

Selbst wenn der Anwalt eine klare Vorstellung davon gehabt hätte, was er für Hans tun konnte – und das war noch keineswegs der Fall –, so wäre es jedenfalls nicht möglich gewesen, ihn auf britischem Hoheitsgebiet auf legalem Wege von einem britischen Staatsangehörigen wie dem ‚Hauptmann' freizubekommen, – gar nicht zu reden von den Schwierigkeiten, vor denen der Anwalt gestanden hätte, wenn er einen Menschen wie Hans ohne Paß oder Visum nach Amerika gebracht hätte. Fast fühlte er sich schon am Ende seiner Kunst, als ihm ein Plan durch den Kopf schoß. Falls er den Hauptmann überzeugen konnte, um wieviel günstiger seine geschäftlichen Aussichten sein würden, wenn er sich mit Hans dem amerikanischen Zirkus anschlösse, den er als Anwalt vertrat, so war die Schlacht schon halb gewonnen. Hatte er die beiden erst einmal auf amerikanischem Boden, konnte er dann alles weitere von einer unvergleichlich viel stärkeren Position aus unternehmen. Er konnte Hans Taaibosch und den Hauptmann richtig kennenlernen, konnte herausfinden, was für Hans das Richtigste war und feststellen, was an den Angaben des Hauptmanns zu seiner Person überhaupt stimmte, und konnte dann, darauf fußend, eine Lösung mit größerer Hoffnung auf Erfolg anstreben. Der Plan klappte. Anfang 1917 reisten Hans Taaibosch und der Hauptmann kreuz und quer durch Amerika als Mitglieder des Zirkus, für den der Anwalt tätig war.

Ich selber verstehe nicht viel vom Zirkus, doch nach dem, was sie mir an jenem Abend von diesem erzählte, und was ich dank einem Briefwechsel weiß, den ich mit einem der noch lebenden Eigentümer des Zirkus geführt habe, muß es sich um ein Unternehmen mit ungewöhnlich glücklicher, harmonischer menschlicher Atmosphäre gehandelt haben. Hans Taaibosch fühlte sich hier sofort heimisch. Ohne Ausnahme wirkte er auf jedermann so, wie er auf den Anwalt gewirkt hatte. Alle schlossen ihn in ihr Herz, und er war und blieb unter den Zirkusleuten die ganze Zeit ohne Feind, bis er schließlich zu alt war, um seine Nummer weiter vorzuführen. Sie waren sämtlich seine Freunde, von den Besitzern angefangen bis zu den Männern, die das große Zelt aufbauten, und all denen, die innerhalb des magischen Ringes auftraten. Die Löwenbändiger, wie sie kamen und gingen, waren natürlich sofort Gegenstand seiner Bewunderung, aber eigentlich standen die Clowns seinem warmen und impulsiven Herzen noch näher, als ob er in ihrer Ungeschicklichkeit, ihren dauernden Reinfällen und ihrer unverbesserlichen Fähigkeit über ihr Mißgeschick zu lachen, sein eigenes nie aufgezeichnetes Schicksal abgebildet sähe, und weil er fühlte, er war unter Kameraden, man brauchte ihn, er hätte ihnen gefehlt, war er es zufrieden. Anders jedoch der Hauptmann.

Von Anfang an hatte er in dieser Umgebung keinen Boden unter den Füßen gehabt, und seine egoistische Haltung gegenüber dem Zirkusleben war derart unprofessionell und so fehl am Platze, daß er nach ein, zwei Jahren von der Bildfläche verschwunden war. Über das schließliche Wie und Warum hatte sie nie etwas erfahren. Alles was sie wußte, war, daß die Eigentümer und der Anwalt es zuwegegebracht hatten, daß Hans zurückgeblieben war, nunmehr frei für eine eigene Karriere, und daß der Hauptmann auf immer gegangen war. Seitdem war Hans jedes Jahr während der Sommermonate mit dem Zirkus auf großer Tournee kreuz und quer durch Amerika gewesen. Nie war ihr etwas zu Ohren gekommen, was darauf hingedeutet hätte, daß er dabei nicht vollkommen zufrieden gewesen wäre. Um seine Geldangelegenheiten kümmerte sich der Anwalt, so daß er immer unabhängig war, und im Herbst, wenn die Tournee des Zirkus zu Ende war und die großen Zelte zusammengefaltet wurden, kam er nach New York zurück und wurde wie ein Kind der Familie im Hause des Mannes aufgenommen, dem er seine Freiheit verdankte.

Von diesem Abschnitt in Hans Taaiboschs Leben wußte sie mehr und konnte aus eigener Erfahrung sprechen. Sie konnte bezeugen, daß er in gewissem Sinne die Seele des Hauses war. Er hatte eine besondere Gabe, mit Kindern umzugehen. Es gab kein Kind, das sich nicht auf der Stelle mit ihm angefreundet hätte, sobald es in die Familie kam; das war etwas, das ich sicher besonders gut verstehen würde – hatte ich nicht in Pendle Hill so liebevoll von meiner eigenen Buschmann-Kinderfrau und den beiden alten Buschmännern gesprochen, die auf der Farm meines Großvaters meine Freunde gewesen waren?

Jetzt war ihr freilich klar, wie fremd sich Hans in einem solchen Haus gefühlt haben mußte, und daß es im Grunde, so gut und bequem er es dort hatte, doch nicht das ideale Leben für ihn war, so wie er es sich selber ausgesucht hätte. Aber es war ihm nicht anzumerken, daß irgend etwas fehlte. Wenn er nur nicht so glücklich ausgesehen hätte, vielleicht hätte sie das dazu geführt, nicht nur die Oberfläche zu sehen, und sie veranlaßt, Fragen zu stellen, deren Beantwortung ihr geholfen hätte, jenem Teil seiner selbst Gefährte zu werden, der hier in der Fremde – nach allem, was ich ihnen erzählt hatte, dessen war sie jetzt sicher – unendlich verlassen und tief vereinsamt gewesen sein mußte.

Das sagte sie wieder mit so spürbarem Kummer, daß ich mich zu einem Tröstungsversuch verpflichtet fühlte: sanft tadelte ich das rebellische Element in ihr, als wäre es ein unverständiges Kind; ich sagte: „Es ist schon etwas großartiges, solch ein Neu-England-Gewissen, von dem Sie vorhin gesprochen haben und dem dieser treffliche Anwalt mit soviel Einfühlungsgabe gefolgt ist – und von dem Sie offenbar auch mehr als genug besitzen. Aber Sie dürfen es nicht übertreiben. Nach dem, was Sie mir erzählt haben, ist klar, daß sie alle ihm ihr ganzes Vertrauen und all ihre Zuneigung geschenkt haben, und Sie müssen wirklich einsehen, daß ihm das genug menschliche Nähe gegeben hat und daß er das sicherlich nirgendwo sonst in einem ähnlichen Maß hätte erfahren können."

„Nein, nein", entgegnete sie nachdrücklich und schlug dabei mit der geballten rechten Hand auf die gepolsterte Armlehne ihres Sessels, „Sie sagen da etwas, woran Sie unmöglich selber glauben können. Wie war das mit dem Buschmannsträfling, von dem Sie uns erzählt haben, der in Afrika eine Familie gefunden hatte, die ihn aufnahm und gern hatte, und der doch jene herzzerreißenden Worte zu seinen Wohltätern gesprochen hat, daß er nur darauf warte, daß der Mond „kehrtmacht", damit er selber geschwind auf seinen Fersen kehrtmachen und dorthin zurückkehren könne, von woher er gekommen sei, denn dies sei die Zeit, in der seine Landsleute sich die Geschichten erzählten, nach denen er sich so sehne. Denken Sie doch nur daran, wie Sie uns erzählt haben, daß er nicht nur krank war vor Heimweh nach einem Ort, der für ihn „sein" Ort war, und nach den Menschen, die er kannte, sondern daß er noch größeres Heimweh gehabt hat nach einer Geschichte, die für ihn ‚seine' Geschichte war; was für eine Geschichte aber hätte er, Hans Taaibosch, an einem solchen Ort wie dem hier finden können?"

Und sie wies mit der Hand hinter sich auf die Fenster, als erwarte sie, daß die Vorhänge weit offen stünden, um unseren Blicken den fremdartigen Umriß der ragenden Stadt und in ihren Straßen den mechanischen Verkehr eines schematisierten Lebens, eines für Hans Taaibosch unnatürlichen Lebens zu zeigen. „Gerade Sie müßten doch verstehen, wie sehr ihm an einem solchen Ort wie diesem seine Geschichte und tausendundein andere Dinge gefehlt haben müssen."

Ich kam mir zurechtgewiesen vor, doch gab ich mich

nicht geschlagen und redete ihr aufs neue zu: „Ja, sicher, das mag alles so sein, aber Sie haben Ihr Bestes gegeben, und das wird immer gespürt, und am Ende muß es damit genug sein und ist es auch genug. Glauben Sie mir, es ist alles wirklich so. Das sage ich nicht nur als einer, der etwas von Buschmännern versteht, sondern ich kenne auch diese trostlose Welt, und deshalb bin ich ganz überwältigt davon, welches Glück Hans Taaibosch gehabt hat: daß ihm das Leben einen so guten Menschen wie diesen Anwalt über den Weg geführt hat, daß er in einem Zirkus hat arbeiten können, der nach Ihrer Beschreibung ganz ungewöhnlich gewesen sein muß, daß er jemanden wie Sie zur Freundin gehabt und daß er nicht im namenlosen Staub der Geschichte verschwunden ist, unerwünscht und vertrieben, wie es seinem Volke so viele und schreckliche Jahrtausende lang widerfahren ist. Ich kann Ihnen nicht sagen, was mir das bedeutet. Es bewegt mich zu Tränen. Und wenn es schon mir so geht – stellen Sie sich vor, was es für Hans Taaibosch bedeutet haben muß, als er das alles erlebt hat, zu einem Zeitpunkt, an dem er der völligen Verzweiflung nahe gewesen sein muß. Nur daß seinesgleichen freilich niemals völlig verzweifelt – denn sonst wären heute keine Buschmänner mehr am Leben, so wenige es auch sind."

Sie machte ein Gesicht, als ob das, was ich eben gesagt hatte, bei aller Ausführlichkeit doch nicht ausreiche, sie zu trösten – aber sie widersprach mir nicht länger. Sie fuhr fort und meinte nach allem, was sie jetzt wisse, habe Hans sich aus dem Leben seiner amerikanischen Freunde und ihren Geschichten einen Ersatz geschaffen für sein eigenes Leben und seine eigenen Geschichten, dank jener Eigenschaft der Buschmänner, daß sie an allem, was sie umgibt, in einer Weise teilhaben, die ich in meinen Vorträgen als geradezu mystisch bezeichnet hätte. Er habe eine wahrhaft außerordentliche Gabe besessen, sich ohne Preisgabe seiner eigenen verborgenen und unerfaßten Identität in den Geist von allem zu versetzen, was die Menschen um ihn herum gerade taten, ja sich sogar in das Wesen der Menschen zu verwandeln, die im Hause ein- und ausgingen, als fände er darin Nahrung für sein eigenes.

Es war nicht etwa einfach so, daß er zu wissen schien, welcherart die Menschen um ihn in ihrem innersten verborgenen Selbst waren, sondern daß er tatsächlich sein Wesen mit dem ihren vertauschte. Ich wisse ja jetzt so gut wie sie, wie unähnlich ihr Hans Amerikanern in Geist und Aussehen gewesen war. Aber sie habe Anwälte, Künstler, Geschäftsleute, Wissenschaftler und Geistliche nach ihrer ersten und einzigen Begegnung mit Hans Taaibosch aus dem Haus gehen sehen, und er hätte jeden einzelnen aus dieser buntgemischten Gesellschaft derart lebensecht und entlarvend nachahmen können, daß sie hilflos vor Lachen gewesen wären. Es war weit mehr als bloße Nachahmung. Es war geradezu unheimlich, wie unter ihren Augen diese einzigartige kleine Gestalt eines Buschmannes in seinem absurden amerikanischen Anzug plötzlich nicht mehr er selber war, sondern sich gleichsam „übersetzte" in einen Anwalt, Arzt, Künstler oder Geistlichen, und das in einem Grade, daß er jedem von ihnen ähnlicher war als sie sich selbst.

Ich kannte diese Gabe aus meiner eigenen Erfahrung mit Buschmännern und hätte hundertfach bestätigen können, daß sie das Talent von Hans Taaibosch völlig richtig erfaßt hatte, wollte jedoch ihre in Fluß geratenen Erinnerungen nicht unterbrechen, die mir den Mann so nahe brachten, daß es mich keineswegs überrascht hätte, wenn sich vor meinen Augen der Kopf auf dem Tisch mit seinem dreidimensionalen Körper vereint hätte und Hans Taaibosch aufgestanden wäre, um sich als Mensch aus Fleisch und Blut in den leeren Sessel neben uns zu setzen.

Ich war mir selbst für meine Zurückhaltung mehr als dankbar, denn im Weitersprechen fügte sie die für mich vielleicht allerwertvollste Nuance hinzu. Sie setzte mir auseinander, daß in all diesen Imitationen auch nicht ein Schatten von Karikatur zu spüren gewesen sei. Sie seien völlig frei gewesen von Bosheit oder Spott und nur erfüllt von den Implikationen der reinsten Teilhabe an dem, was die Quintessenz der nachgeahmten Personen darstellte. Das Lachen, das seine Nachahmungen hervorrief, sei kein Lachen *über* die nachgeahmten Personen gewesen, sondern ein Lachen *mit* ihnen, weil sie gleichsam aus ihrer menschlichen Hörigkeit befreit worden seien. Dies Lachen sei erfüllt gewesen von stellvertretender Beglückung über einen Akt, durch den die Persönlichkeit von den Anmaßungen, Vorurteilen und anderen Verkrustungen durch Gewohnheit und Konformismus emanzipiert wurde, in denen sich Hans Taaiboschs Zuschauer genauso gefangen fanden wie die Menschen, die er nachahmte.

Und was mit allen, die in dieses Haus traten, drinnen geschehen sei, das habe auch für das Leben draußen im großen Amerika gegolten. Was Hans im Zirkus darbot, dem grellen Licht des Scheinwerfers im Sägemehlstaub der großen Manege und dem Lachen der übereinander gestaffelten Ränge fremder weißer Gesichter ausgesetzt, brachte ihm, dessen sei sie sicher, deshalb einen so großen Erfolg ein, weil alles, was er tat, dieselbe Ausstrahlung gehabt hatte. Sie sei sich dessen so unbeirrbar sicher, weil in gewissem Sinne der makrokosmische Teil seines Lebens in Amerika sich in dem Mikrokosmos des Hauses getreulich widergespiegelt hätte. Sie müsse freilich gestehen, daß ihr das Erlebnis, ihn bei einer öffentlichen Schaustellung als Zielscheibe des allgemeinen Gelächters zu sehen, anfangs sehr schmerzlich gewesen sei, und wenn es nicht wegen Hans Taaibosch selber gewesen wäre, so wäre sie nach diesem ersten Erlebnis nie wieder zu einer seiner Vorstellungen gegangen.

Doch das war nicht der springende Punkt. Worauf es

ankam, war, daß alles, was für den Anwalt und seine Familie und ihre Freunde von Interesse war, auch Hans interessierte. Damals habe sie gemeint, es liege daran, daß es für ihn genauso interessant gewesen sei wie für die anderen, aber dann habe sie begriffen, daß sein Interesse dem Respekt und der Liebe zu ihnen entsprang und auf der Annahme beruhte, daß Dinge, auch wenn er sie selbst nicht verstehen konnte, wahrhaft wichtig sein mußten, weil sie ihnen wichtig waren. Sein Interesse an den äußeren Bedingungen und größeren Zusammenhängen seines Lebens in Amerika konnte, da er weder lesen noch schreiben konnte, niemals intellektualisiert oder als Idee oder Begriff gefaßt werden. Es war ihm nur möglich, alles mit Hilfe jener tiefen angeborenen Begabung, durch einen Akt der Teilhabe am Leben im Hause zu erfassen; das sei hoffentlich deutlich aus den Beispielen zu sehen, die sie bereits geliefert habe.

Aus ihrer eigenen Erfahrung konnte sie bestätigen, daß es unter dem, was ihnen interessant war, nichts, buchstäblich nichts gab, mochte es noch so ausgefallen oder fremdartig sein, was ihn schließlich nicht ebenso interessiert hätte; er war bei alledem so unschuldig und kindlich, als könne nie von ihm verlangt werden, daß er sich in seiner Beurteilung festlege oder das Interesse der anderen kritisch erwäge, sondern als verstehe sich der Wert von alledem von selber.

So wurde zum Beispiel im Laufe der Jahre sein Interesse an der amerikanischen Politik immer lebhafter. Sie war sicher, daß er von Politik noch weniger verstand als sie selbst, und zweifellos hegte er keinerlei Vorbehalte gegenüber Art und Wert dieser Politik, wie sie es tat; aber einfach weil der Anwalt und seine Kinder und ihre Freunde die Politik ernst nahmen, wurde Hans Taaibosch fast zum Fanatiker bei seiner Übernahme ihrer politischen Ansichten.

Einerlei, ob Lokalpolitik, Länderpolitik oder Bundespolitik, alles erregte in ihm das Gefühl leidenschaftlichen Beteiligtseins. Natürlich konnte er die Zeitungen nicht selber lesen und mußte sich auf ein Frage- und Antwortspiel verlassen, um sein Interesse zu befriedigen; schließlich ging ihm auf, daß die wichtigsten Meldungen in den Zeitungen die größten, fettesten und schwärzesten Überschriften hatten, und während eines Wahlkampfes, vor allem bei einer Präsidentenwahl, war er der erste, der sich die Zeitung an der Haustür schnappte, und dann zeigte er auf die größten Schlagzeilen und bat den ersten besten, ihm alles, was da geschrieben stand, gewissenhaft vorzulesen.

Am Vorabend einer Präsidentenwahl steigerte er sich dermaßen in eine Art Fieber, so daß er schließlich stundenlang am ganzen Körper vor Erregung zitterte, so wie eine elektrische Klingel an einer Tür, die sich nicht auftun will, unaufhörlich läutet, weil der Besucher weiß, daß jemand zu Hause ist. Kam dann das Ergebnis heraus und stand in Einklang mit der politischen Überzeugung der Anwaltsfamilie, dann war seine freudige Erregung weit höher gestimmt als die ihre. Wenn nicht, dann verfinsterte seine Verzweiflung auch das hellste Frühstückszimmer.

„Da, sehen Sie nur!" gebot sie mir und hob die große Photographie von Hans Taaibosch hoch, so daß ein Stapel von Schnappschüssen darunter zum Vorschein kam, nahm den obersten und hielt ihn mir hin, „hier ist eine Aufnahme von Hans am Morgen nach der Wahl von Calvin Coolidge."

Ich nahm das Bild entgegen und hielt es ans Licht, und zum ersten Mal sah ich Hans Taaibosch als ganzen Menschen – seinen Kopf vereint mit dem Körper.

Er war in einen eleganten Morgenrock gehüllt, saß tief zurückgelehnt in einem ebensolchen Sessel wie die, auf denen wir saßen, und hatte eine New Yorker Zeitung, den *Herald Tribune,* auf den Knien ausgebreitet, liegen. Er zeigte auf eine dicke Überschrift, die im Journalistenstil jener Tage den überwältigenden Sieg des neuen Präsidenten verkündete. Doch weit verblüffender noch als dieser Beweis dafür, in welch überwältigendem Maße ein Angehöriger des frühesten Volkes meines Heimatlandes, hineingeboren in die letzten Reste einer Steinzeitkultur, an einer Wiederwahl eines amerikanischen Präsidenten interessiert sein konnte, viel erstaunlicher war für mich der Ausdruck äußerster Entschlossenheit und unverkennbarer Beglückung auf diesem typischen Buschmannsgesicht.

Dieser Ausdruck war so überzeugend, daß ich zum ersten Male verstehen konnte, wieso kein Mensch irgendwelche Neugier verspürt hatte, sich mit seinem Leben, das diesem Augenblick vorangegangen war, näher zu befassen. All dies rief einen solchen Widerhall in mir wach und nahm mich so gefangen, daß ich nur noch wie aus weiter Ferne hörte, daß sie fortfuhr, mir anhand von weiteren Beispielen zu berichten, wie sehr er sich mit dem amerikanischen Leben identifiziert hatte. Aber vielleicht war es das Beste, den Stapel der Schnappschüsse sprechen zu lassen, statt Beispiele zu erzählen.

Eine beträchtliche Anzahl davon lag wie ein Fächer auf dem Kartondeckel ausgebreitet. Sie zeigte sie mir jetzt in chronologischer Folge, und es war erstaunlich, wie Struktur und Qualität der Bilder Hans Taaibosch's Fahrt durchs Leben vermittelten und in mir das Gefühl hervorriefen, er sei mit uns im Zimmer und werde von Minute zu Minute älter, ohne daß auch nur das Geringste darauf hingedeutet hätte, er habe sich im Verlauf der Jahre weniger glücklich gefühlt oder Heimweh nach der Wüste in meinem Geburtsland Afrika gehabt, woher er doch, dessen war ich inzwischen vollkommen sicher, ursprünglich einmal gekommen war.

Dies Gefühl wurde nicht nur dadurch hervorgerufen, daß er auf jeder weiteren Aufnahme etwas älter aussah, sondern auch dadurch, daß die Apparate, mit denen er photographiert worden war, immer moderner wurden und die Bilder immer heller, so daß es fast war, als bewege er sich langsam aus der braunen Verhangenheit und dem Dunst einer Dämmerung über der Kalahari hinter uns auf den strahlend elektrisch erleuchteten Augenblick in diesem Zimmer zu, und der technische Fortschritt in der Photographie wurde zu einer Art Zeitmaschine, die ihn seinem Alter und seinem bis jetzt noch nicht enthüllten Ende zutrug, wenn es denn ein Ende gegeben hatte.

Die frühesten Bilder waren mit einer Box-Brownie aufgenommen und zeigten ihn als einen Mann schon in der zweiten Hälfte seines Lebens, aber doch noch jung genug, so daß man die Knochenstruktur unter der Haut erkennen konnte, mit dunklen schrägstehenden Augen, mit nahezu faltenlosen Winkeln, und er sah mich über seine hohen mongolischen Backenknochen hinweg mit klarem unverwirrtem Blick an; noch waren diese Augen voller Staunen, für immer auf eine Zeit gerichtet, als die Welt jung war und die ganze Schöpfung sich noch durch diesen Blick bewegte, frisch und von intensiver Klarheit, als glühten sie noch von der Berührung der magnetischen Finger, die sie gerade aus dem kalten dunklen formlosen Ton entbunden hatten. In diesen Augen lag ein Ausdruck – gleichgültig wie erfahren sie waren und wie häufig gezwungen, auf das gleiche Schauspiel einer fremden öden Daseinsstruktur zu blicken –, als würden sie bis zu ihrem Erlöschen alles wie zum ersten Mal erblicken.

Am eindrucksvollsten jedoch war immer wieder dies archaische Anlitz und der Ausdruck dieses Menschen, so daß man, wenn man den Anzug sah, in dem sein Körper steckte, unangenehm berührt und verblüfft in einem war. Da sah man ihn zum Beispiel auf einem dieser verblaßten bräunlichen Abzüge mit einer Mütze aus dickem Tuch in der Hand, dazu trug er Jacke und Weste aus dem gleichen großkarierten Material, dazu ein Hemd und einen Schlips aus Wolle, ein Paar weiter Knickerbockerhosen, tadellos mit dem gehörigen Schwung oberhalb der Waden, die Beine darunter in Wollstrümpfen versteckt, die in einem Paar der dickstsohligen Golfschuhe verschwanden. Auf der Rückseite stand geschrieben: „Hans, Golfplatz Miami, 1922".

Im Lauf der Jahre veränderte sich jedoch die Beschaffenheit der Schnappschüsse. In zunehmendem Maße wurden sie gekonnter, glänzender, krasser und härter in ihrem Schwarzweiß, die Linse drang tiefer in die Heimlichkeiten von Haut und Knochen des Mannes, ohne sich freilich wirklich um den dahinter verborgenen Kern zu kümmern. Das Gesicht fing an, runzliger zu werden, die Fältchen um die Augen tiefer, die Linien auf der Stirn ausgeprägter; nur der Ausdruck der Augen blieb unverändert, mochte auch das Licht in ihrem Innern abnehmen.

Auch das Beiwerk veränderte sich auf eine Art, die beinahe noch frappierender war als der erste Eindruck vom Bild dieses Abgesandten der Steinzeit auf einem

Golfplatz. Da gab es ein Bild von ihm, auf dem er sich etwas wie eine dicke wollene Nachtmütze über die Ohren gezogen hatte, komplett mit Troddel daran, dazu trug er einen fast noch dickeren Wollpullover, der so eng an seinem Körper anlag, daß man zum ersten Mal sah, wie weit sein Bäuchlein vorn herausragte und wie wohlgerundet sein Hinterteil war. Ein Paar pludriger Skihosen fiel bis auf seine schmalen Knöchel, und seine Füße verloren sich in schweren Skistiefeln: so stand er, ein Paar Skier untergeschnallt, im dicken, tiefen Schnee. Rings um ihn dehnte sich ein riesiger weißer Hang, und im Hintergrund ahnte man mächtige Kiefernwälder. Er sah in dieser sehr unwahrscheinlichen Umgebung heiterer und womöglich noch glücklicher aus. Auf der Rückseite stand: „Hans, Vermont, 1924".

Sie mußte wohl die Schärfe meiner Reaktion gespürt haben, denn als sie sich vorbeugte, um mir diese Photographie wegzunehmen und eine andere zu geben, rief sie aus, als wolle sie sich dagegen verteidigen, die Photographie habe dieses Kind der Wüste beleidigt: „Aber er hatte den Schnee so gern! Er liebte ihn mehr als irgendeiner von uns. Schon bei der ersten Schneeflocke tanzte er vor Vergnügen in den Schnee hinein und konnte es gar nicht abwarten, seine Finger hineinzustecken, als habe er wahrhaftig den größten Schatz der Welt darin entdeckt."

Ohne mich dazu zu äußern, nahm ich das nächste Bild; diese Verteidigung war wirklich nicht nötig, denn mich braucht man nicht erst zu überzeugen. Ich kannte aus eigener Erfahrung die seltenen Schneefälle auf dem Hochplateau in Afrika, wo ich geboren bin, und wußte, wie sehr diese Substanz, im europäischen und amerikanischen Winter etwas so Banales, unter der Sonne Afrikas etwas ungeheuer Originelles ist, das an ein Wunder grenzt.

Durch nichts abgelenkt, richtete ich meine ganze Aufmerksamkeit auf Hans Taaibosch, der im Mittelpunkt eines weiteren Hochglanzabzugs in meiner Hand zu sehen war. Darauf trug er ein todschickes Paar weiter Flanellhosen – in meiner Jugend heiß begehrt als sogenannte Oxford ags, Zeichen der Emanzipation und des Avantgardismus –, dazu ein Paar schwarzweiße Gigoloschuhe, oben eine damit kontrastierende schnittige kurze Jacke nebst Weste, auf dem Kopf einen breitkrempigen Veloursgut, und in der Hand eine Aktentasche. Auf der Rückseite stand: „Hans, Pennsylvania Station, 1925".

Das darauffolgende Bild zeigte ihn in einem durchsonnten sommerlichen Garten und eine Zigarre rauchend, die beinahe so lang war wie er selbst, und auf seinem noch runzliger gewordenen ovalen Gesichtchen lag wie ein Leuchten das Entzücken, das von der Aussicht auf schier endlose Raucherfreuden in ihm geweckt worden war.

„Er rauchte so gern Zigarren", erläuterte sie mit einem Nachklang von Besorgnis in der Stimme. „Er liebte es dermaßen, daß es fast das Einzige an ihm war, was wir nicht guthießen, und doch brachten wir es nicht ernstlich über uns, ihn davon abzubringen. Niemals habe ich jemanden auf so unvergleichliche Weise rauchen sehen wie ihn. Er tat einen langen tiefen Zug aus der Zigarre und zog den Rauch irgendwo ganz in sich hinein. Dann nahm er die Zigarre von den Lippen und hielt sie in der Hand – aller Rauch war verschwunden – und redete weiter, ohne daß man im Geringsten gemerkt hätte, einen wie gewaltigen Schluck Rauch er eben zu sich genommen hatte. Es war geradezu unheimlich! Schließlich wußten wir ja, daß jeder Amerikaner, der einen so langen und so kräftigen Zug aus einer so starken Zigarre tut, wie er sie bevorzugte, diese enorme Menge Rauch sofort wieder ausstoßen muß, sonst würde er husten und spucken, bis aller Rauch aus seiner Kehle herausgeblasen ist, um nicht daran zu ersticken. Er aber saß da und redete weiter, ein Bild ungetrübten Vergnügens, und auf seinem Gesicht waren keinerlei Zeichen von Übelkeit oder irgendein anderes verräterisches Merkmal des Unbehagens zu erkennen, bis man nach etlichen Minuten die allerzartesten und -blauesten kleinen Rauchwölkchen aus seinen Nasenlöchern und Mundwinkeln treten sah und, ob Sie es glauben oder nicht, sich bezaubernd um seine Ohren ringelten. Das dauerte eine volle Minute, und dann folgte ein noch längerer und gewaltigerer Zug aus der Zigarre und so weiter und so fort, bis sie zu Ende war, und nicht einmal ließ Hans etwas anderes erkennen als innigstes Behagen, solange die Zigarre vorhielt, und die komischste Betrübnis, wenn sie zu Ende war.

Uns Kindern erschien das so sehr als Zauberei, daß ich jedesmal, wenn er sich eine Zigarre ansteckte und zu rauchen anfing, alle anderen Kinder im Haus zusammenrufen mußte; dann saßen wir völlig gefesselt mit aufgerissenen Augen um ihn herum, als sei er ein Zauberer und nicht bloß irgendein alter Zigarrenraucher. Ich habe mich bis heute darüber gewundert, wie er das zustande gebracht hat. Haben Sie selbst je etwas ähnliches gesehen?"

Ich konnte ihr ehrlich sagen, daß dem tatsächlich so war. Ich wußte ja, das war genau die Art, in der die Buschmänner zu rauchen lieben, und ich hatte sie sehr oft so rauchen sehen. Ich konnte ihr berichten, daß schon lange, bevor der Europäer diese Gewohnheit angenommen hat, der Buschmann Kräuter, Blätter und sogar Cannabis – von ihm ‚dagga' genannt – zu rauchen pflegte, und vor allem, daß ein Buschmann immer auf eine Weise geraucht hat, als sei dieser Akt mehr als nur Befriedigung einer vorübergehenden Anwandlung, mehr als die Begierde nach einem neuen Sinnengenuß, mehr auch als nur einfach ein Mittel, die Zeit totzuschlagen. Mir sei es immer so vorgekommen, sagte ich, als sei es für sie eine Art religiöser Handlung, die etwas damit zu tun habe, welch nachhaltige Wirkung es auf den Geist des ersten Menschen gehabt hat, als das Feuer in sein Leben kam – des Menschen, dessen nächster Nachbar ja zeitlich – relativ gesehen – der Buschmann ist.

Schließlich habe das Feuer zum ersten Mal bekundet, daß es etwas außerhalb des menschlichen Bereiches gibt, das willens ist, sich für ihn in dem Kampf um Leben und Wirklichkeit auf Erden einzusetzen – das völlig jenseits des Hier und Jetzt um seine Wohlfahrt besorgt ist, so daß der Mensch, wie groß auch das Wunder und wie tief das Mysterium, sich nach seinem Kommen nicht mehr allein gefühlt hat, vielmehr begleitet von einer Macht an seiner Seite, größer als er selbst. Infolgedessen ist für ihn das Rauchen ein erstes Sakrament, ein Teilhaben an dem göttlichen Atem und der göttlichen Wärme eines großen und lebendigen Mysteriums. Wenn er Feuer an seine Lippen bringt und das, was aus dem Feuer hervorgeht, in sein tiefstes leibliches Selbst hineinzieht, dann kommuniziert er, indem er es zum Teil seines Lebensatems macht, mit seinem Inbild des Göttlichen genauso, wie es jeder Christ tut, wenn er in Nachahmung des Abendmahles Christi das Brot bricht und den Wein trinkt. Nach meiner Auffassung entdeckt ein Mensch wie Hans Taaibosch im Rauchen etwas von der Empfindung des ersten Menschen an seinem ersten Feuer und von dessen aufdämmernder Gewißheit wieder, daß ihm ein besonderer Segen zuteil geworden ist dadurch, daß die Furcht vor Dunkelheit und Kälte von ihm genommen ist, die bis dahin sein unbehütetes Dasein in Fesseln gehalten hat.

Ich hätte das weiter ausführen und hinzufügen können, daß für den modernen Menschen, weil noch irgendwo tief in seinem Unbewußten eine Erinnerung an diese Beziehung zwischen Rauchen und dem ersten Feuer zurückgeblieben sei, darin die eigentliche Anziehungskraft liege, die der Akt des Rauchens für ihn habe, und nicht darin, daß unsere leiblichen Sinne nach Nikotin süchtig seien, wie es die Welt uns glauben machen wolle. Aber da ich merkte, wie rätselhaft meine Erklärung selbst auf jemanden so Aufgeschlossenen wie sie wirkte, erinnerte ich sie an die rituelle Bedeutung des Rauchens in der Geschichte der Ureinwohner Amerikas und vor allem an die Anspielung in einem meiner liebsten unter den vielen wunderbaren Negerspirituals, in dem sie mit ihrer tief aus den Eingeweiden kommenden Stimme lobpreisend davon singen, daß, als im Tal ihr Herr sprach, auch aus seinem Munde Feuer und Rauch gekommen sind.

Ich glaube, daß ihr das irgendwie gefühlsmäßig einleuchtete, jedenfalls fügte sie nachdenklich hinzu: „Das war ja das Problem mit Hans. Immerzu gab er einem das Gefühl, daß er etwas war, was wir zu sein vergessen haben, etwas was wir geringgeachtet und darum verloren haben. Er war so etwas wie ein lebender Knoten im Taschentuch unseres Empfindens, aber das Verflixte ist, daß wir vergessen haben, weswegen wir den Knoten gemacht haben, wenn Sie verstehen, was ich meine."

Und sie versuchte, darüber zu lachen, als sei es nur ein Scherz und als stünde nicht eigentlich eine ganze Welt von Imponderabilien und Unbegreiflichkeiten dahinter, die sich mit diesem vielphotographierten kleinen Mann da, auf dem Tisch zwischen uns, verbanden. Auf der Rückseite dieser speziellen Photographie stand geschrieben: „Hans, Long Island, 1927".

Und so führte uns Schnappschuß nach Schnappschuß durch die unerbittlichen Jahre, die Hans in sämtlichen Moden und Attituden zeigten, die ein typischer Amerikaner der Mittelklasse in jenen Jahren durchzumachen hatte; und dann kam eine mit der Aufschrift „Hans, Colorado, 1937". Mich durchfuhr plötzlich der ganze Schock, den wir beim Wiedersehen mit einem alten Freund erleben, den wir jahrelang nicht gesehen haben und der seinerzeit, wie man so sagt, in der Blüte seiner Jahre stand. Das Photo zeigte Hans in seinen letzten Lebensjahren, nun als ganz, ganz alten Mann, eigentlich zu alt für das, wobei man ihn aufgenommen hatte. Da waren wieder der Schnee und die Hänge, so unverändert, daß es uns im Kontrast dazu unsere eigene gnadenlose Abhängigkeit von einem Gesetz des Wandels, das unseren Abgang von der unveränderten Szene erzwingt, um so schwerer zu ertragen macht.

Kein Wunder, daß er noch wärmer angezogen war als auf dem früheren Bild: um den Hals einen dicken Schal, auf dem Kopf eine Wollkapuze, die nur wenig Gesicht freigab, als sei die Kälte jetzt für ihn zur Gefahr geworden und keine Quelle des Vergnügens mehr. Und ach, die Skier und Stöcke waren verschwunden, und er saß, ein bißchen blamabel, würde ich sagen, in einem Kinderschlitten. Doch sein Gesicht blickte unverzagt und unerschrocken drein, wenngleich zum ersten Mal zu ahnen war, daß der Winter in seinem Inneren den äußeren Ausdruck der Entschlossenheit nicht mehr ganz so deutlich werden ließ.

Der letzte von allen Schnappschüssen war eine Aufnahme von Hans zu Hause. Die Kamera war nunmehr so durchkonstruiert und scharf, daß die Linse völlig erbarmungslos war, und sie zeigte seinen Kopf mit dem Pfefferkornhaar – am Anfang so schwarz, daß sich sein Glanz auf der Platte fast wie der Glanz des schwarzen lackledernen Hufes seines geliebten mystischen Elens widergespiegelt hatte, jetzt so weiß wie der Schnee, auf dem er auf dem vorhergehenden Bild gestanden hatte. Die Wangen waren eingefallen, die vollen Lippen straff gespannt und nach innen gezogen, als wollten sie sich der Höhlung anpassen, die früher seine kräftigen weißen Zähne beherbergt hatte. Nach Art seiner Rasse war seine Haut so runzlig geworden, daß es kaum zu glauben war, hätte man es nicht selbst erlebt, daß sie zu Anfang in der Wüste genau so glatt und ebenso frischfarben wie eine schwellende, gerundete und eben reif gewordene Aprikose gewesen war.

Er stand in dicken Filzpantoffeln da, in den allerwärmsten Morgenrock gehüllt, und sah schräg empor zu jemanden außerhalb des Bildes hinüber, den er offensichtlich gern hatte. Sein runzliges gealtertes Gesicht glich in seiner Zärtlichkeit dem eines Kindes und strahlte mit voller geistiger Kraft sein unvermindertes Staunen darüber aus, daß er selbst an diesem so fremden Ort noch am Leben war, denn ja, er lachte so glücklich, daß es beinahe war, als könne man das dumpfe Rollen des Bauchrednermurmelns tief im Leib hören, das einem solchen Buschmannlachen gewöhnlich folgt.

Alt und gebeugt von der Last der Jahre und der Bürde vielfältiger Erfahrung, die weit über sein Wissen und Begreifen hinausging, wirkte die kleine Gestalt dennoch irgendwie zeitlos, und das im Bilde festgehaltene Lachen bedeutete mir das, was ich für die beständigste, heroischste und triumphalste Leistung halte, deren ein menschliches Wesen fähig ist. Seine eigene Welt war zerbrochen und schon lange im Staub der Jahre verschwunden, die dahingerast waren in die Leere nicht aufgezeichneter Zeit, die hinter ihm lag; so stand er in keinem ihm zugehörigen Lebensganzen, das sein Ende hätte einbegreifen können. Und obwohl er gezwungen war, sein Ende allein und ohne die helfende Hand seiner Artgenossen zu erleben, zeigte ihn diese Schwarzweißaufnahme im Hochglanz immer noch als lachenden Kämpfer und bewies klar, wie durchaus bereit er war, sein Leben mit an Nonchalance grenzender Gelassenheit und nicht mit Gewimmer zu Ende zu leben, sondern mit einem Paukenschlag der Freude, und zu zeigen, daß nach allen Schrecknissen des Gestern die Gabe des Lebens mit all seinen Problemen, Schmerzen oder Beschwernissen, immer die Mühe lohnt.

Erfüllt uns das vom Leben Gegebene am Ende mit Bitterkeit, Ressentiment oder Haß, so bedeutet das, wie ich glaube, eine Niederlage. Erfüllt es uns trotz allem mit Dankbarkeit, bedeutet das Sieg. Auf dem Gesicht von Hans Taaibosch lag ein solcher Ausdruck uneingeschränkter Dankbarkeit, einer unmittelbaren, ihm sichtlich selbstverständlichen Dankbarkeit, daß die Frage, wie das Ganze einzuschätzen, geschweige, ob es als Sieg zu bewerten sei, für ihn überhaupt nicht bestand. Der es so einschätzte, war ich, und, was mehr ist – da ich in einem solchen Maß, unmittelbar oder mittelbar nie zuvor bei einem Menschen Zeuge davon gewesen war – war ich so bewegt, wie mich selten etwas bewegt hat. Und die Botschaft, daß alles, alles der Mühe wert gewesen sei, wurde bei aller Unparteilichkeit und Objektivität der Kamera so deutlich, daß auch der Einfältigste sie lesen konnte und sie kaum der Bestätigung durch diese Frau bedurfte: kein Wunder – daß ihr Gesicht von Tränen naß war: „Merkwürdig, nie habe ich Hans so glücklich gesehen, und dabei hatte er sich, gegen unser aller Wunsch, gerade aus dem Bett herausgequält, denn er war ein schwer, schwer kranker kleiner alter Mann. Es ist die allerletzte Photographie von ihm."

Hans Taaibosch war mir inzwischen so nahegekommen, und ich hatte aus meiner eigenen Erfahrung mit seinen Landsleuten und meinem Leben unter ihnen in der Wüste die Quintessenz dessen, was er gewesen sein muß, ehe er in das Leben dieser Frau trat, so gut ausfüllen können, daß ich spürte, ich war inzwischen der einzige Mensch auf der Welt, der nicht nur ein Stück von ihm kannte, mochte auch dieses Stück für Menschen wie sie noch so teuer und kostbar sein, sondern der ihn in jener Fülle erkannte, so vollkommen, in der wir uns alle sehnlichst wünschen, gekannt und anerkannt zu werden. Infolgedessen war ich ebensosehr wie sie aus der Fassung über das nahe Ende einer Beziehung, die in meiner Vorstellungswelt fest verwurzelt war, mochte sie von dieser Frau durch ihre Liebe und Teilnahme auch nur stellvertretend zuwegegebracht worden sein – alchemistisch verwandelt in eine der wirklichsten, je von mir erlebten Bindungen –, daß sie mich auf Schritt und Tritt wie ein von der untergehenden Sonne geworfener Schatten begleitet.

Was mir dieser seltsame beharrliche Schatten bedeutet, wann immer es mich drängt, auf ihn zu blicken, das gehört weit mehr dem Augenblick seiner Geburt an als der Betriebsamkeit und Mühsal der Gegenwart. Das ist keine nachträgliche Einsicht, sondern gehört dorthin, in jenes elektrisch erleuchtete Zimmer. Es ist ganz einfach dies: Ich wollte, man hätte Hans Taaibosch zu Lebzeiten, oder, wenn das nicht mehr gegangen wäre, posthum einen Verdienstorden verleihen können –

mehr unsert- als seinetwegen. In dieser Zeit des Zerfalls verfügt leider das Leben nur über Orden, mit denen man Männer ehrt für das, was sie tun, und für die Nützlichkeit der Funktionen, die sie ausüben. Ja, es gibt fast mehr solcher Auszeichnungen, mit denen man geehrt wird, weil man gemäß den Regeln eines unpersönlichen Zeitalters gewirkt hat, als sie trotz der herrschenden Gier nach Ehrenzeichen verliehen werden können; bis heute aber gibt es keinen einzigen Orden, mit dem man Männer einfach für das ehren könnte, was sie an sich selbst sind.

Und ich muß sagen, ich wünsche mir deshalb einen Orden, bei dessen Verleihung eingangs etwa folgende Worte zu sprechen wären – es ist unvermeidlich, daß ihre sprachliche Prägung nicht modern ist, da sie der uralten Unruhe des suchenden Menschenherzens entspringt. „Für Tapferkeit auf dem Felde des Lebens, für Verdienst in der Schlacht des Daseins und für Standhaftigkeit bei der Verteidigung seiner Art und Beschaffenheit gegen jegliche Abirrung und Verzerrung durch übermächtigen Haß, durch Bosheit und Neid unserer kollektiven Zeit – somit ein Exempel statuierend, welchermaßen Hingabe an das Sein rein um des Seins willen sowie Beharrlichkeit hierin bis zu seinem Ende der wahre Ruhm des Lebens auf Erden ist und die einzige Quelle seiner Erneuerung und des Wachstums von Sinngebung und Licht in der Finsternis vor uns."

Und an der Spitze der ersten Ehrenliste in einem

neuen Menschenjahr würde stehen: „Hans Taaibosch, Orden des Seins, Erste Klasse."

DER GROSSE BRUCH

Doch kehren wir zurück zu den Gegebenheiten der späten Nachtstunde in dem ragenden luxuriösen Apartmentblock und in mein hochgelegenes Zimmer, gelb erleuchtet gegen das Schwarz; ich erinnere mich, wie mir der jagende Verkehr im Ohr toste, als wolle er die Menschen trotz ihres Sträubens aus ihrer Illusion von Behagen und Glücklichsein reißen – darin eingewiegt durch Gewohnheit und Bedürfnis dank der hoch organisierten Zerstreuungen der Riesenstadt –, denn nur zu gut kannten sie die noch leise, Rechenschaft fordernde Stimme, die sich aus ihrem vernachlässigten Selbst erheben würde, um, lagen sie erst einmal allein in ihrem Bett im Dunkeln, ihr Zimmer zur Zelle und ihr Zuhause zum Gefängnis zu machen.

All das hatte bewirkt, daß ich mich dieser Welt so fern, diesem ganz und gar heimatlosen Menschen aber, der sich aus dieser unbeschreiblichen Heimatlosigkeit ein Heim geschaffen hatte, so nahe fühlte, daß ich nicht überrascht gewesen wäre, wenn die Frau mich eben jetzt bei der Hand genommen hätte, als sei sie die einzige Verwandte, um mich zur letzten Nachtwache bei Hans Taaibosch in jenes Zimmer zu führen, an das ihre Erinnerung gewiß schon tief gebunden war, und dafür zu sorgen, daß jemand, und sei er noch so fremd, bei seinem Ende bei ihm war. Vom Tode war freilich, seit wir uns kennengelernt hatten, noch kein einziges Mal die Rede gewesen, dennoch bestand für mich keinerlei Zweifel mehr, daß Hans Taaibosch so gewiß physisch tot, wie er in diesem Zimmer für mich lebendig geworden war, und daß alsbald ein letztes Mal in Worte gefaßt werden würde, welcherart sein Ende gewesen war.

Auch wenn dem so war – diese Frau tastete sich wieder nur auf ihre charakteristische versteckte Art an das Thema heran. Impulsiv fuhr sie wie ein kleines Mädchen mit dem Handrücken über ihre feuchten Wangen und fragte dabei mit so leiser Stimme, daß ich sie kaum verstehen konnte: „Glauben Sie, daß Hans Taaibosch mit seinem liebenswerten Charakter und seinem Talent zum Glücklichsein, wovon ich Ihnen, ehrlich gesagt, bisher freilich nur ganz wenige Beispiele erzählt habe – glauben Sie, daß er unter seinem Volk eine Ausnahme gewesen ist?"

Ich schüttelte energisch den Kopf und hörte mich heftig, ja fast zornig antworten: „Das war er bestimmt nicht. Ich glaube schon, daß er an sonstigen Maßstäben gemessen eine Ausnahme war, aber in dieser Hinsicht war er es nicht. Ich habe viele andere, sehr viele seiner Rasse gekannt, die zumindest in diesem Punkte genau so waren wie er."

„Warum", fragte sie mit harter Stimme und blitzenden Augen, nun ihrerseits erzürnt, „warum aber haben denn dann die Menschen sie verfolgt und erbarmungslos umgebracht, oder ist das bloß wieder so eine historische Übertreibung und ein Vorurteil der Geschichte?"

Ich gab mir alle Mühe, ihr klarzumachen, daß es keine Übertreibung war – ebensosehr um meiner selbst wie um ihretwillen –, denn irgendwo in der Tiefe regte sich in mir der Verdacht, daß die volle Bedeutung alles dessen, was geschehen war, seit mir die erste Nachricht vom Auftreten der Mantis in einem Traum zugekommen war, unenträtselt bleiben würde, wenn wir nicht diese Frage der Verfolgung des Buschmanns in die richtige historische Perspektive rücken könnten.

„Diese Verfolgung ist", sagte ich, „eine der großen Horrorgeschichten aller Zeiten. Wie weit ihre Anfänge zurückliegen, läßt sich nicht sagen. Alles, was man aus archäologischen Funden weiß, ist, daß diese Verfolgung schon eingesetzt haben muß lange, bevor es Zeugen gab, die sie hätten aufzeichnen und dem Gewissen der Menschen überliefern können, um dem dämonischen Auslöschungsprozeß wenigstens etwas entgegenwirken zu können; wahrscheinlich liegen die Anfänge sogar so weit zurück, daß es zweifelhaft ist, ob sich damals schon, selbst wenn es Zeugen gegeben hätte, die das Verbrechen hätten aufzeichnen können, im allgemeinen Bewußtsein der Menschen ein Gewissen herausgebildet hatte, das fähig gewesen wäre, die Urheber des Verbrechens zu verurteilen – obwohl bezeichnenderweise die Opfer selbst niemals von dem

Drang, andere zu töten, besessen gewesen sind, es sei denn zur Selbstverteidigung." Als besten Hinweis, den ich ihr auf das Alter und das Ausmaß dieses Ausrottungsprozesses geben konnte, zitierte ich ihr zwei mir bekannte Archäologen. Sie hatten sich die Erforschung von Kultur und Kunst des Buschmannes zum Spezialgebiet gewählt, vor allem die Felsmalerei; eine derartige Fülle und inspirierte Form prähistorischer Kunst gibt es nirgendwo sonst auf der Welt. Beide Forscher waren zu der Schlußfolgerung gekommen, daß die Menschen, die die Höhlenwände von Lascaux bemalt hatten, die Menschen, von denen in die Felsen der iberischen Halbinsel Bilder geritzt wurden, und die Buschmänner im südlichen Afrika einen gemeinsamen Vorfahren gehabt haben und daß dieser sehr gut der „kleine Mann" der Folklore und des Märchens gewesen sein könnte, der einst die Küsten des Mittelmeers bevölkert haben muß.

Wenn dem so ist, dann hätte die Verfolgung des Buschmannes schon begonnen, lange bevor die Ägypter, Phönizier, Karthager, Griechen und Römer aufgetreten sind. Ja, ihr und mir, die wir uns beide so liebevoll über die bemerkenswerte Kind-Mann-Gestalt von Hans Taaibosch und seiner Rasse unterhalten hatten, weil wir an dieser einmaligen Abart des rätselhaften menschlichen Körperbaus unsere Freude hatten, uns beiden fiele es bestimmt nicht schwer, die Tatsache zu würdigen, daß schon in den hieroglyphischen Aufzeichnungen der Zweiten ägyptischen Dynastie die

Beschreibung eines solchen kleinen Mannes vorkommt, der ein ebenso unverbesserlicher Jäger wie Maler war. Irgendwo sprechen auch die Griechen von einem seinesgleichen, der schon vor dem Untergang von Atlantis in jenen Breiten gelebt haben soll. Herodot ist selber auf das Gerücht von seiner Existenz gestoßen und hat darauf Bezug genommen in seiner großen Anthologie, in der er das ernster zu nehmende historische Gerede seiner Zeit behandelt hat.

„Und doch gibt es heute weder im Mittelmeerraum noch in Nordafrika irgendeine Spur von ihm, es seien denn ein paar Felsmalereien in den Bergen der südlichen Sahara, nebst der Tatsache, daß ein einzigartiger Körperteil seines Weibes immer noch als *tablier Egyptien* bezeichnet wird, was uns daran erinnern könnte, daß er einstmals dort gelebt hat. Das werde ihr," sagte ich, „gewiß einen Maßstab dafür an die Hand geben, wie lang, wie gründlich, in welch ungeheuerlichem Umfang seine Vernichtung vor sich gegangen sei, denn die ägyptische Kultur allein habe ja über einen weit längeren Zeitraum bestanden als unsere westliche Ära. Doch selbst wenn man dies alles als bloße Mutmaßung abtue und sich auf das historisch Beweisbare und Unwiderlegbare beschränke, sei der Vorgang grauenhaft genug: „Noch vor dreihundert Jahren, als meine Vorfahren am Kap der Guten Hoffnung landeten, hat der Buschmann den größten Teil des südlichen Afrika bewohnt; er hat dort gejagt und Felsbilder gemalt, so daß aus dem riesigen Gebiet eine Art natürlicher Louvre dieser ältesten aller altmeisterlichen Künste geworden ist; er hat unter dem Mond seine Tänze getanzt und nachts an seinem sorgsam gehüteten Feuer die Geschichten erzählt, die er so liebt: und dann in den großen Seitenkulissen in der Dunkelheit um diese winzige Bühne aus Licht die Löwen – wahrlich ein passender Chor des Schicksals bei der Katharsis seines Erzählens.

„Doch nur zweihundert Jahre später hatten die schwarzen und weißen Eindringlinge ins südliche Afrika den Buschmann bereits vertrieben, ihm sein Land genommen und ihn nahezu ausgerottet, so daß heute nur noch eine Handvoll von seiner Art in der Wüste Kalahari zwischen Botschuana, Südwestafrika und dem südlichen Angola übriggeblieben ist. Und selbst dort, während wir ungefährdet hier in diesem Zimmer sitzen, geht seine Vernichtung in der heimtückischsten Weise weiter; zur selben Zeit, in der sie selbst über Ungerechtigkeit und nationalistische *maladies imaginaires* zetern und bei der UNO nach Selbstbestimmung schreien, haben Völker verschiedener Rassen den Buschmann völlig in ihrer Gewalt und sorgen für seine Ausrottung, indem sie seine besonderen Bedürfnisse und sein Recht auf ein Leben nach seiner Art völlig mißachten.

„Und das ist der Grund, weshalb ich seine Geschichte immer und immer wieder erzähle. So fürchterlich auch seine Drangsalierung in der Vergangenheit gewesen sein mag – was dem Buschmann heute von uns widerfährt, ist weit schrecklicher; denn wir können vor dem Gerichtshof des Lebens nicht mehr zu unserer Entlastung vorbringen, wir hätten nichts davon gewußt. Wir wissen, was wir ihm antun. Ja, seine Geschichte im südlichen Afrika ist der einzige kühle objektive Spiegel, in dem beide, Schwarz und Weiß, in ihrem eigenen Spiegelbild zweierlei deutlich erblicken können: die ihnen beiden gemeinsamen Züge der Fehlbarkeit der fehlbaren Spezies Mensch und den unwiderleglichen Beweis, daß sie beide durch ihre Macht über diesen verwundbarsten aller Naturmenschen so korrumpiert worden sind, daß sie ihm Dinge ärgster Widernatur angetan haben. Wenn wir doch nur wirklich einsehen wollten, wie wir bei diesem schweren Verbrechen einander geholfen und Vorschub geleistet haben, dann könnte manches von unserer nationalen und rassischen Überheblichkeit und Selbstgerechtigkeit von uns abfallen, und die Geschichte uns beiden zum versöhnenden Mittler werden zwischen dem zerstörerischen Selbst des einen und dem des anderen, indem sie uns alle zu einer Prüfung unserer Wertvorstellungen zwingt, damit wir, was wir an Menschlichkeit besitzen, zusammenwerfen – um *eines* menschlichen Zieles willen."

Bis hierher hatte sie mir zugehört, obwohl es ihr während dieser Abschweifung immer schwerer gefallen war, an sich zu halten. All die Zeit über hatte ich auf ihrem Gesicht den Ausdruck des Entsetzens und Ekels wachsen gesehen; jetzt brach es aus ihr hervor – ihr ganzes Wesen empörte sich gegen all das Gehörte.

„Aber warum, warum?" Sie schlug mit geballter Hand – der Hand eines Künstlers – auf die Armlehne ihres Sessels. „Sie haben mir überhaupt nichts erzählt, was erklären könnte, warum man das alles einem Volk angetan hat, das so gänzlich ohne Harm ist. Sie haben gesagt, Hans Taaibosch sei keine Ausnahme. Sie haben gesagt, daß Sie eine große Anzahl seiner Landsleute kennen, die genau wie er sanftmütig und von freundlicher und glücklicher Sinnesart sind. Warum und wieso haben sich dann so viele Völker von so verschiedener rassischer Herkunft und Kultur zusammengetan, um sie abzuschlachten? Das kann doch nicht bloß eine Frage der Korruption durch Macht sein? Da muß doch noch irgend was an dem Buschmann gewesen sein, was sie gereizt hat, ihn so fürchterlich zu verfolgen!"

Ich dachte an all die Rechtfertigungsgründe, die von meinen eigenen Landsleuten für ihre Behandlung der Buschmänner vorgebracht werden, wie ich sie nicht nur in den Geschichtsbüchern gelesen hatte, sondern auch von den Lippen trefflicher und guter Männer gehört habe: von meinem eigenen Großvater, von alten weisen Bantus, von Ratgebern der Zuluhäuptlinge und von allen möglichen sonstigen Häuptlingen. Das alles ließ sich in den einen Satz zusammenfassen, mit dem Schwarze wie Weiße jedesmal ihre umständlichen und höchlich rationalisierten Rechtfertigungen abgeschlossen hatten: „Weißt du, uns blieb keine Wahl. Der Buschmann will sich einfach nicht zähmen lassen."

Ich hielt es für das beste, ihr nur dies zu sagen und mich gar nicht erst auf das Labyrinth aller Einzelheiten in den Plädoyers von Schwarz und Weiß einzulassen; also sagte ich eben – schmerzhaft langsam, denn die Erinnerung hatte mich plötzlich unendlich traurig gemacht –: „Aus erster Hand kann ich ja nur von meinem Geburtsland sprechen, aber jeder dort, der irgendwann mit dem Buschmann zu tun gehabt hat, gibt als Grund an, daß sich der Buschmann nun einmal nicht zähmen lassen will."

„Zähmen?" rief sie, und ihr Blick sagte, daß sie das absolut nicht verstehen und glauben konnte. „Zähmen? Wie kann man solch einen unmöglichen Ausdruck auf menschliche Wesen anwenden? Wilde Tiere, ja die mag man zähmen, aber man zähmt doch keine Menschen – oder tut man das etwa auch in Ihrem schrecklichen Afrika?"

„Natürlich verstehe ich, was Sie meinen", sagte ich hastig, um ihren Gefühlsausbruch zu dämpfen, ehe er sie völlig überwältigte, was einen vernünftigen Fortgang unseres Gespräches unmöglich gemacht hätte; und dieser war notwendig, wenn wir zu einem Einverständnis kommen wollten, dessen ich, wie ich jetzt einsah, ebenso sehr bedurfte wie sie.

„In gewissem Sinne haben Sie recht. Mir scheint, daß beide – Schwarz und Weiß – in dem Buschmann in seinem Naturzustand gewissermaßen eine Art wilden Tieres gesehen haben. Doch um auch dem Ungerechten Gerechtigkeit widerfahren zu lassen, was nun einmal unerläßlich ist, wenn wir je dieses Furchtbare verstehen wollen – sie haben unter „Zähmen" wohl „Sich-zivilisieren-lassen" verstanden, in dem Sinne, den dieser Ausdruck damals für sie gehabt hat."

Das schien ihr zunächst einigermaßen plausibel zu sein, denn sie bemerkte etwas wegwerfend: „Nun ja, es wäre wohl völlig falsch, wenn ich nicht einsähe, daß eine Menge von dem, was wir ‚zivilisiert' nennen, kein Leben ist, sondern bloßes Existieren, wo ‚Zahmsein' so viel ist wie „Totsein". Ich glaube, *ein* Grund dafür, daß Hans auf uns alle einen so tiefen Eindruck gemacht hat, ist eben darin zu finden, daß er in unserer sogenannten zivilisierten Umwelt lebte und dabei weder zahm noch wild, sondern schlichtweg lebendig war. Ja ja, das war er: er hat uns Kindern soviel bedeutet, weil er eben, im Vergleich zu allen anderen, die wir kannten, lebendig war. Oh, Sie können sich nicht vorstellen, wie lebendig er war! Er gab uns allen, oder zum mindesten mir, das Gefühl, daß nicht die Menschen, die ihn adoptiert hatten, die Reichen waren – und nach den Maßstäben des guten Mittelstandes waren sie ja wirklich reiche Leute –, sondern daß *er* der eigentlich Reiche war und wir übrigen alle arm. Auf merkwürdige Art war er der Gebende und wir die Empfangenden.

„Das galt auch für sein Haltung zum Geld. Wäre nicht sein Beschützer gewesen, er hätte sein ganzes Geld ebenso schnell ausgegeben, wie er es verdiente, als sei es Wasser aus einer unerschöpflichen Quelle. Er war es, der darauf bestand, es für ihn anzulegen, denn Hans Taaibosch selber hätte nie auch nur einen Dollar gespart. Hans hätte jeden Moment seinen letzten Groschen mit uns geteilt. Aber du lieber Himmel, ‚zahm' war er nicht, und man brauchte ihn auch nicht zu zähmen. Warum zum Kuckuck also soll das ein Grund sein, Menschen wie ihn abzuschlachten?"

Sie war so empört wie je. Doch intuitiv war sie dem Kern der Sache nähergekommen, so wie ich sie sah und wie auch seine Verfolger sie sahen und die das für einen ausreichenden Grund für seine Ausrottung hielten. Das wollte ich ihr gerade sagen, aber bevor ich den Mund aufmachen konnte, war ihr selber ein neuer Gedanke gekommen.

Sie hob die Hände, als müsse sie sich entschuldigen, und sagte: „Es tut mir leid, daß ich Ihr Afrika ‚schrecklich' genannt habe. Wenn ich es mir recht überlege und an Hans Taaibosch denke und an all die Vergleiche, die er in uns Kindern wachrief, so sehe ich ein, daß auch wir hier in diesem Land ganz gute Spezialisten sind in der Kunst, menschliche Wesen zu zähmen, insbesondere Kinder, und ihnen ihr natürliches Selbst abzuerziehen. Wir sind in jeder Hinsicht genau so schlimm wie

Ihr in Afrika, nur daß wir wenigstens aufgehört haben, einander umzubringen."

Ich versicherte ihr aufrichtig, bei all meiner Liebe zu Afrika hielte ich es historisch für gar nicht so unangebracht, es mit dem Ausdruck ‚schrecklich' zu belegen. Nachzudenken über das wenige, was wir von seiner Vergangenheit wüßten, sei kaum erträglich, außer insoweit, als es ein wunderbares Zeugnis davon gebe, wie Leben überleben und lebendig und lebenswert sein könne trotz aller Schrecken durch die Unnatur der Menschen, durch Hungersnot, Krankheit und sonstige Gefahren, die das Leben bedrohten. Was zähle, sei, daß sie Hans als reich, sich und ihre Freunde dagegen als arm bezeichnet und erwähnt habe, daß er imstande war, sein Geld ebenso rasch auszugeben, wie er es verdiente – also wirklich so zu leben, als gehorche er der neutestamentlichen Mahnung, nicht an den morgigen Tag zu denken; damit habe sie vielleicht eines der Fundamente in Charakter und Kultur des Buschmannes berührt, mit dem weder Schwarz noch Weiß noch überhaupt irgendeiner seiner vielen unbekannten Verfolger in der langen nie aufgezeichneten Vergangenheit fertig geworden seien.

„All das geht zurück auf einen tiefen Bruch im Geiste des Menschen," versuchte ich zu erklären, etwas feierlich, fürchte ich – zeigte sich doch erst am Rande des Dunkels, das so lange über einem so weiten Bereich meines Denkens gelegen hatte, in weiter Ferne der erste

Schimmer eines Begreifens. „Ich glaube, es hat alles angefangen, als nicht nur das Leben, sondern auch der Geist des Menschen sich gegen sich selbst gewendet und sich in Jäger und Ackerbauern aufgespalten hat. Dieser Bruch ist so uralt und reicht so tief, daß er in die allerersten Gene des menschlichen Lebens eingebettet gewesen sein muß. So kommt es, daß die Geschichte von Jakob und Esau, die ja ebenfalls diesen unseligen Bruch personifiziert, von ihnen berichtet, sie hätten schon im Mutterleib um das Erstgeburtsrecht gestritten. Ich bin ebenso überzeugt, wie es das Alte Testament ist, daß der Jäger Esau in uns der Erstgeborene ist, und daß der historische Buschmann sowohl in seiner Lebensweise wie in seiner geistigen Formung das reinste uns zugängliche Modell des ersten Menschen ist: des zum Jäger geborenen Menschen.

„Und nach meiner Auffassung ist es von entscheidender Bedeutung, daß wir bis ins Letzte verstehen, was es für Folgen hat, wenn ein Leben auf einem solchen Prinzip basiert. Es besagt nämlich, daß man voller Vertrauen auf die Natur, in Abhängigkeit von und zugleich in wechselseitiger Bezogenheit mit ihr lebt. Wahrhaftig, der Buschmann vertraut sich der Natur an wie der Fisch dem Wasser, und die Natur, die wir als blutigrot mit Zähnen und Klauen empfinden, ist zu ihm weit freundlicher, als es die ganze Zivilisation je gewesen ist. So hingegeben an die Natur ist sein Dasein, so darin eingeschlossen, daß zum Beispiel sein Weib, wenn der jährliche Regen ausbleibt und die Erde ausgedörrt und kahl unter der Sonne liegt, unfruchtbar wird und ihm keine Kinder gebiert. Und es bedeutet ferner, daß sein Leben als Jäger ein Leben ständiger Bewegung ist, so daß er mit leichtem Gepäck wandern und seine Habe auf ein Mindestmaß beschränken muß.

„Der Buschmann lebt in der Kalahari immer noch im Steinzeitalter: er besitzt einen Speer, einen Bogen, einen Köcher mit Giftpfeilen, eine Ledertasche zur Aufbewahrung eines halben Dutzends Straußeneierschalen, die ihm als Wasserflaschen dienen, ein Paar Ledersandalen, und der eine oder andere hat vielleicht auch ein Musikinstrument; doch leider nicht mehr die Pinsel und den Ledergürtel mit den kleinen, mit verschiedenen Farben gefüllten Antilopenhornspitzen, ohne die seine Vorfahren nicht zu denken sind. Das ist alles. Sein Weib besitzt eher noch weniger: ein Ledertuch, in dem sie noch mehr Straußeneierflaschen trägt, einen hölzernen Stampfblock, damit sie auch das zäheste Wüstengewächs eßbar machen kann, ihren Grabstock und ihre Sandalen. Trägt man ihnen auf, sich für eine Reise von gut tausend Meilen zu rüsten, wie ich es getan habe, sind sie in neunzig Sekunden aufbruchsbereit, unbesorgt und voller Vertrauen, daß die Natur und ihr eigener Mutterwitz unterwegs schon für sie sorgen werden".

„Immer wieder, wenn ich ihnen Lebewohl sagte und zum Abschied was schenken wollte, habe ich mich beschämt gefühlt, weil ich mir klarmachen mußte, daß ich ihnen aus unserer reichen Zivilisation nichts geben konnte, was nicht ihr Dasein belastet und ihnen das Leben nur erschwert hätte. Wollte ich ihnen überhaupt etwas geben, so mußte das in einer gänzlich anderen Dimension liegen; doch davon später. Entscheidend ist, daß eine solche Lebensweise bedeutet, daß dem Buschmann jedes Gefühl für persönliches Eigentum abgeht. Nicht, daß es ihnen an Individualität mangelte. Sie sind das individualistischste unter der großen Anzahl der mir bekannten primitiven Völker; jeder einzelne – Mann, Weib, Kind – schien immer lebhaft, deutlich und klar umrissen mit der ihm eigenen Erfahrung und seinem Recht auf Leben dazustehen. Diese Individualität wird jedoch zugleich auf eigentümliche Weise im Interesse aller gewahrt und entwickelt. Alles, was sie besitzen, teilen sie miteinander. Gab ich ihnen eine Zigarette, so tat ein Mann einen Zug und reichte sie dann instinktiv an alle übrigen weiter, die ganze Reihe hinab bis zum kleinsten Kind, und dann wieder zurück, ohne davon Kenntnis zu nehmen, daß das hingehaltene Päckchen für jeden von ihnen eine Zigarette enthielt. Hatte ich ihnen ein Stück Wild zum Essen geschossen und erbot mich, das Fleisch für sie aufzuteilen, wie ich es auf anderen Expeditionen für meine schwarzen afrikanischen Begleiter getan hatte, die das von mir erwarteten als dem einzigen unparteiischen Richter über ihre individuellen Bedürfnisse, zu dem sie Vertrauen hatten, so sagten die Buschmänner: ‚Aber ja doch, wenn Du es so wünschest, aber warum etwas so Unnötiges tun? Wenn einer ißt, essen alle.' "

Hier sagte ich ihr, wie sehr ich wünschte, sie hätte die Buschmänner bei ihrem Jägerleben sehen können. „Ständig in Bewegung, ein Flackern klarumrissener aprikosenfarbener Flammen im zitternden glühenden Feuerofen der Wüste. Oh, und wie diese Bewegungsfreiheit ihre Phantasie beflügelt – und sie ist ihnen so unentbehrlich wie Essen und Trinken!" Ich erzählte ihr, wie ich zum Beispiel einmal zu einem Außenposten in der Wüste kam und dort im Gefängnis einen sterbenden Buschmann vorfand. Man hatte ihn festgenommen, als er gerade eine Großtrappe aß, die er erlegt hatte, weil er am Verhungern war; und da der Vogel als „Königswild" gilt, das vom Gesetz geschützt wird, hatte man ihn zu einem Monat Gefängnis verurteilt. Er wurde auf der Stelle krank. Sofort ließ man einen Arzt kommen – denn das ist ja gerade der Jammer: seine Verfolger sind keine fühllosen Ungeheuer, sondern ganz gewöhnliche Menschen, die überzeugt sind, ihre Pflicht zu tun. Der Arzt konnte nichts finden, was ihm fehle. Was er selbst dem Arzt sagen konnte, war nur, daß er es nicht ertragen könne, wegen der Gefängnismauern keinen Sonnenuntergang mehr sehen zu können. Er starb noch in derselben Nacht, und ich bin sicher, er starb daran, daß sein Geist verhungert war, weil er nicht mehr, wie sonst an jedem Tag, die Sonne hatte untergehen sehen – ein Vorgang, der in der Wüste im Westen des südlichen Afrika einen tief mythologischen Sinn hat.

„Aber Hans?" rief sie ungläubig. „Wie steht es denn mit Hans? Wie konnte er das Leben an einem solchen Ort wie dem hier ertragen: eingeschlossen zwischen Wolkenkratzern, in Apartmentzimmern, wo man wegen der Klimaanlage nicht einmal das Fenster aufmachen kann, mit Fahrstühlen und allem Drum und Dran – außer in den Ferien auf dem Lande? Er ist nicht nur nicht daran gestorben, er ist sogar bestens dabei gediehen. Wie und wieso konnte er das, und die anderen nicht?"

Ich sagte, nach meiner Auffassung stünden wir hier vor einem großen Mysterium und müßten auf der Suche nach einer Antwort uns weiter umsehen. Sie verstehe doch wohl, daß im Gegensatz zu seinen Feinden seine Lebensweise und die seines Volkes auf einem völlig andersartigen Prinzip beruhe. Er besaß nichts, diejenigen hingegen, die kamen, ihn zu verdrängen – so wie Jakob Esau aus der Liebe seiner Mutter und sogar aus der seines Gottes verdrängt hat – besaßen viel und hatten einen hochentwickelten Sinn für Eigentum. Ja, man kann den Unterschied zwischen dem Buschmann und seinen Feinden auf die gleiche Weise definieren, mit der mir einer der weisesten Männer, die mir je begegnet sind, ein alter weißer Afrikaner, ein Jäger, den Unterschied zwischen dem Menschen Afrikas und dem Europas erklärt hat.

„Der afrikanische Mensch", hat er gemeint, „*ist;* der europäische *hat*." Ist diese Unterscheidung in bezug auf Schwarz und Weiß schon relativ zutreffend, so ist sie, auf den Buschmann angewandt, noch weit zutreffender. Verglichen mit dem Buschmann ist der schwarze Afrikaner bereits ein hochentwickelter Besitzertyp. Er besitzt Rinder, Schafe, Ziegen, Hühner, Hunde und Enten, er bearbeitet den Boden und stellt vielerlei Dinge her. Dem Buschmann gehört gar nichts, er baut nichts an, und er stellt nichts her, außer seinem Jagd- und Malgerät. Infolgedessen entbrannte ein Krieg auf Leben und Tod, als sie zum ersten Male aufeinanderstießen und der Buschmann es als sein natürliches Recht ansah, wenn er das Vieh der in sein Land eindringenden weißen und schwarzen Fremdlinge zu seiner Nahrung ebenso tötete, wie er das mit den übrigen Tieren in Afrika tat. Zwei einander gänzlich unverständliche Lebensweisen standen sich gegenüber, den Gegner an der Gurgel packend, und am Ende hatte im südlichen Afrika – genau wie Esau gegenüber Jakob den Kürzeren gezogen hatte – der Buschmann gegenüber den Schwarzen und Weißen verloren.

Die Geschichte von Esau und Jakob ist für mich immer eine der tragischsten und noch unenträtselten Geschichten der Bibel gewesen. Die Geschichte vom Buschmann im südlichen Afrika ist noch weit, weit trauriger und bleibt vielleicht das bitterste Stück Geschichte, das mir bekannt ist, denn der Buschmann hat nichts in der physischen Welt getan, was ein solch furchtbares Schicksal herausfordern könnte. Wenn es überhaupt eine Herausforderung gibt, dann liegt sie darin, daß – wie immer man auch den Mord an ihm rationalisieren möge – das, weswegen man ihn vernichtet hat, nicht etwas war, was er tat, sondern was er war.

„Und damit", bekannte ich, „betreten wir eine geistige Ebene von solcher Tiefe und Subtilität, daß ich nur aufs Geratewohl versuchen kann, eine Erklärung zu geben. Ich glaube fest, daß dieser große Bruch in unserem Geiste bewirkt worden ist als ein Mittel, die Menschheit zu einem sinnvolleren Ganzen zu machen, als sie es zuvor gewesen ist; daß diese Trennung von Esau und Jakob bewirkt worden ist, damit die zwei von ihnen personifizierten wesentlichen Elemente des menschlichen Geistes, am Ende ihrer getrennten Entwicklungswege auf höherer Ebene als zuvor wiedervereint werden können. Eine Vereinigung von Gleich und Gleich bedeutet Konformität und ist nicht Stärke, sondern Schwäche; die Vereinigung des Andersartigen und Einander-Entgegengesetzten ist die einzig echte Einheit und Kraftquelle.

„So ist es bedeutsam, daß zwar scheinbar das Prinzip Jakob gesiegt und die von ihm dazu Bestimmten zu Herren der Natur gemacht hat, der Jäger hingegen, wie der Buschmann, von der Bühne abgetreten ist, daß aber der Kampf zwischen den beiden von ihnen personifizierten Elementen in der menschlichen Seele immer noch weitergeht auf der Suche nach der transzendenten Vereinigung, der sinngebenden Versöhnung. Ja," ich betonte das mehr für mich selbst als für sie, „das Menschenherz wird als Jäger geboren, unser Blut ist ein Beduine, unser Geist auf immer ein Nomade, und der Jäger in uns wird weiter mit dem Ackerbauern in uns im Streite liegen, bis alles, was der Jäger personifiziert, seinen ihm gebührenden Platz in unserer Wertordnung wieder eingenommen haben wird. Das Gleichgewicht zwischen diesen beiden ist niemals wieder fair und in Ehren hergestellt worden, und ehe es nicht dazu kommt, werden wir immer weiter mit uns selbst in verhängnisvollem Streit liegen – so, wie wir in der äußeren Welt mit dem Buschmann im Streit gelegen haben.

„Ja, ich glaube, eine der Hauptursachen für die gnadenlose Verfolgung des Buschmanns liegt eben darin, daß er ein lebendes Abbild all dessen in unserem angeborenen ursprünglichen Geist ist, was wir verworfen und verraten haben. Wir haben unbewußt gehofft, wenn wir ihn in der Welt umbrächten, würden wir vielleicht nicht mehr an den von uns begangenen Verrat erinnert und könnten dann in Frieden mit uns selbst leben.

Aber wir haben natürlich die Rechnung ohne unseren Wirt gemacht – in Gestalt jenes Buschmanns in unserem eigenen angeborenen Geist. Unsere Geschichte hat vor allem darum versagt, weil nicht erkannt worden ist, daß das Ergebnis der Abrechnung ebenso gut positiv wie negativ ausfallen kann. Das negative Ergebnis ist uns zur Genüge aus der Geschichte des Buschmannes bekannt und braucht nicht weiter betont zu werden; das positive war und ist sichtbar in der Wirkung, die von Hans Taaibosch auf Menschen wie Sie und Ihre Landsleute ausgegangen ist. Hans Taaibosch hat bewiesen, daß sein Volk, gibt man ihm nur halbwegs eine Chance, ebensosehr Mitgefühl hervorrufen kann, wie es Feindschaft erregt hat.

„Sie haben das schon so bewegend gezeigt – ich bitte Sie, das zu akzeptieren. Selbst in dieser einzigartigen Kind-Mann-Gestalt, die wir beide so lieben, war er ein Inbild und die Verkörperung einer Art zu sein, wie sie uns das Neue Testament ans Herz legt mit der Mahnung, zu werden wie die Kinder, wenn wir je den Zugang zu dem einen Königreich – genannt Himmel – finden wollen. So unvollkommen dieser Gedanke noch ist, und so unvollkommen ich ihn auch ausgedrückt habe, ich hoffe doch, daß es Sie tröstet, wenn ich Ihre Verehrung Hans Taaiboschs und Ihre Fürsorge für diesen im Exil lebenden Menschen einer anderen Rasse – so fremdartig inmitten Ihres Amerika – in dieser Weise auffasse, wie es mich getröstet, erhoben und tief bewegt hat."

Und diesmal legte ich meine Hand auf ihre und hielt sie fest, bis sie nach kurzem Ringen mit sich selber mir fast unhörbar dankte und danach wieder in Schweigen versank – so tief, daß ich sie daraus wecken mußte.

Denn jetzt war der Augenblick gekommen, wo ich die Frage an sie richten mußte, die mit solcher Schwere unbeantwortet zwischen uns stehen geblieben war. Ich war überrascht, wie schwer mir das auch jetzt noch fiel; denn mich übermannte eine Gefühlswallung, auf die ich nicht vorbereitet war. Eben erst hatte ich Hans Taaibosch zwischen uns ins Leben treten sehen, und wenn die Antwort so ausfiel, wie ich fürchtete, mußte ich mich mit seinem Ende viel rascher abfinden als jemand, der wie sie alles schon zuvor durchlitten hatte. Das wäre ein so rascher und extremer Übergang gewesen, daß mein Empfinden davor zurückschreckte, doch brachte ich es über mich, zu fragen: „Bitte, können Sie es mir nicht *jetzt* sagen: was eigentlich aus ihm geworden ist?"

TANZ DES GROSSEN HUNGERS

„Ja, gewiß, ich muß und will", begann sie. Zum ersten Mal klang ihre Stimme harsch und beinahe nüchtern-sachlich, denn die wiedererwachte Traurigkeit über das, was nun kommen würde, schnürte ihr die Kehle zu, und sie wußte nur zu gut, wie sehr das ihren Worten den Weg verlegen konnte. „Damit ich das aber auf die rechte Weise tun kann, sagen Sie mir bitte noch, was das Tanzen für Hans Taaibosch bedeutet haben kann, denn das war zum Ende hin sehr wichtig, und ich wüßte, wenn möglich, – gern die Antwort, ehe ich weitererzähle. In Pendle Hill haben Sie gesagt, daß sie große Tänzer sind, nicht wahr?"

„Tanzen bedeutet ihnen fast noch mehr als ihr Geschichtenerzählen und sogar ihre Malereien", antwortete ich rasch, denn mir lag daran, die sich jetzt in ihrem veränderten Stimmklang andeutende Möglichkeit auszunutzen, unser inneres Zögern zu überwinden und zur Wirklichkeit der Gegenwart zurückzukehren, so brutal sie auch sein mochte. Ja, ich fand sogar insofern einen unerwarteten Verbündeten, als es mir bis dahin noch nicht klargewesen war, wie sehr es mich danach verlangte, dieser düster brütenden Atmosphäre zu entrinnen – nicht nur der der Geschichte der Buschmänner, sondern auch der trüben, das Leben von Hans Taaibosch betreffenden Ahnungen, wie es nach unseren Befürchtungen gewesen sein mußte, ehe er als Fremdling in dieser Wolkenkratzerstadt aufgetaucht war –, wie sehr ich hoffte, zu frischen und neuen Schlußfolgerungen zu gelangen. Alle die atmosphärischen Details von menschlicher Unvollkommenheit und Tragik im Leben von Hans Taaibosch und in der Geschichte seines Volkes, die wir in langen Gesprächen, seit unserer ersten Begegnung im Lampenlicht des Torwegs von Pendle Hill zutage gebracht hatten –, sie alle schienen sich wie Wolken eines mächtigen, niederdrückenden, schwer auf uns lastenden Gewitters zusammenzubrauen; jetzt bedurfte es eines Blitzschlags von Tatsachen, damit das Gewölk vom Donner erschüttert wurde und endlich den Regen fallen ließ, wie es die Buschmänner in einem ihrer großen Sinnbilder hätten geschehen lassen.

„Ja, sie lieben das Tanzen so innig, daß sie für alles einen Tanz haben. Wenn ihnen Worte, Geschichten und Malereien nicht mehr weiterhelfen können, dann tritt an deren Stelle der Tanz. Fast ist es so, als wüßten sie, daß die großen Unbekannten und Imponderabilien ihres Lebens auf eine Weise durchgespielt und bis ganz zu Ende ausgelebt werden müssen, für die nur der Tanz das geeignete Medium ist: erst dann werden sie begriffen, und nur so kann ein weiteres großes Fragment des universalen Mysteriums in ein lebendes Wunder verwandelt werden. So tanzen sie, wie vielleicht nur die

Sterne und Schiwa im Herzen der Stille der Dunkelheit tanzen, um das Licht in ihr zum Strahlen zu bringen. Natürlich sind das keine Tänze, wie man sie im Bolschoj, in Covent Garden und im New York City Ballett zu sehen bekommt, doch für mich – und ich habe alle diese Ensembles tanzen gesehen – sind die Tänze des Buschmanns weit bewegender. So tanzt er die Geschichte von der Suche des Menschen nach dem Feuer, tanzt sein Erlebnis der Befreiung, seine Dankbarkeit und seine Verehrung, wenn er mit Hilfe der Mantis endlich das Feuer gefunden hat. Er tanzt seine Freude über die Geburt eines Kindes und seine Trauer über den Tod eines Freundes. Und will er seine Dankbarkeit gegenüber dem erbeuteten Tier zum Ausdruck bringen, weil es so gut gewesen ist, sich von ihm erlegen zu lassen, damit er weiterleben kann, dann tut er das im Tanz. Es gibt nichts, wofür er nicht einen Tanz hätte. Gewöhnlich tanzt er nur zur dunkelsten Nachtstunde, und es ist erstaunlich, wie sich der Vorgang seines Tanzens auf die gesamte Natur ringsum überträgt und bewirkt, daß sie nicht nur seinen Rhythmus aufnimmt, sondern zu seinem Partner wird.

„Ich erinnere mich zum Beispiel an eine Nacht, in der sie ihren großen Feuertanz tanzten: als sich gegen Mitternacht der Tanz seinem Höhepunkt näherte, begannen die Löwen zu brüllen, wie ich sie nie zuvor gehört habe, und es war fast, als ob sie Takt hielten mit den stampfenden tanzenden Füßen: sie ließen die Wüste widerhallen wie eine Trommel, als ordne sie sich der Harmonie wie ein mächtiger Generalbaß ein; dazu sangen die Stimmen der Frauen, um ihre Männer am Tanzen zu halten, und der Klang erhob sich klar, hell und erhaben wie die höchsten Sterne. Zuletzt war die ganze Natur der Wüste einbezogen, die Strauße mit ihrem dumpfen Gebrumm, die Nachtregenpfeifer mit ihrem wie vom Meeresboden herauftönenden Flöten, die Eulen mit ihrem feierlichen Ruf und der Ziegenmelker mit seiner Kastagnettenstimme. Und in den Pausen zwischen den Wogen der schwellenden Tonflut hörte man den Sopran der Nachtzikaden wie übereinandergetürmte Chöre von Seraphim und Cherubim – ihr Gesang stieg empor, bis mir war, als reiche er so hoch hinauf, daß er selbst die Sterne weckte und bewog, dem Rhythmus dort unten nachzugeben und sich in den Steptanz einzureihen. Zum Schluß schuf der Tanz eine solche Atmosphäre des Einsseins und allseitiger Zusammengehörigkeit, daß ich, als der Höhepunkt erreicht und das Feuer gefunden war, das Gefühl hatte, ich – von so weit her aus einer so fernen Welt gekommen – sei nicht mehr ein Fremder, der allein und isoliert danebensteht, sondern einer, der in einem uralten Tempel Zuflucht gefunden hat und zum ersten Mal teilhat an einem natürlichen Akt der Kommunion mit einer der größten Gemeinden des Lebens, die sich je versammelt haben.

„Und auf die gleiche Art tanzen sie natürlich für den

Vollmond. Wenn ich sie nach dem Warum fragte, pflegten sie zu antworten: ‚Sieh, der Mond, der so hübsch dasitzt und sich so voller Licht fühlt, jetzt beginnt er zu schrumpfen und zu schwinden und wird ganz und gar hinsterben; und er wird sich nicht erneuern, wenn nicht wir, die wir uns so tanzen fühlen, ihn nicht durch und durch spüren lassen, daß unsere Herzen ihm zu eigen sind, und wie sehr wir sein Licht brauchen, um unseren Weg in der Finsternis auf Erden zu finden.' Ich erwähne diesen Mond-Tanz ganz besonders, weil er vielleicht am deutlichsten von allen zeigt, was ihnen Tanzen bedeutet. Denn, nicht wahr, kann es einen stärkeren Beweis für die der Kunst beigemessene Bedeutung geben, als ihre unbedingte Überzeugung, daß sogar das Zu- und Abnehmen des Mondes von ihrem Tanz abhängt? Ich könnte Ihnen solche Beispiele in Hülle und Fülle bieten, aber ich hoffe, diese genügen als Antwort auf Ihre Frage."

Sie ließ sofort erkennen, daß sie begriffen hatte, denn sie rief: „Oh wie schön! Wie danke ich Ihnen, daß Sie mir das erzählt haben. Um nichts in der Welt möchte ich mir das haben entgehen lassen" – sie sprach leichthin, wie ihresgleichen es gern tut, wenn es sich um Dinge handelt, an deren Bürde ihr Geist schwer zu tragen hat – „aber halten Sie mich bitte nicht für undankbar oder unersättlich: ich denke da nämlich an einen ganz besonderen Tanz, den Sie noch nicht erwähnt haben, oder besser, an zwei verwandte Arten des Tanzens, die Hans zu eigen waren. Vielleicht war es kein so großer Tanz wie die Buschmanntänze, die Sie gesehen haben, aber uns, besonders uns Kinder, machte es ganz glücklich, ihm dabei zuzusehen. Wir lagen ihm immer in den Ohren, er solle sie uns noch einmal vortanzen. Und wissen Sie, der liebe, geduldige kleine Mann sagte kein einziges Mal nein. Es war ein höchst merkwürdiger Tanz. Er legte dann seine Jacke ab, band den Schlips los, zog Hemd, Schuhe und Strümpfe aus und stand barfüßig da, nur in seinen Hosen, die straff um seine absonderliche kleine Leibesmitte gegürtet waren. Dann streckte er die Hände weit nach vorn, gab ein löwenartiges Knurren von sich und begann mit den Füßen zu stampfen. Dann sahen wir, wie sich mitten in seiner Magengrube alle Muskeln zu einer Art Kugel zusammenzogen und zur linken Seite seines Körpers hinüberschnellten. Und dann begann diese Muskelkugel plötzlich von einer Seite zur anderen zu tanzen, auf und ab und ab und auf, unaufhörlich und kraftvoll, als sei sie ein selbständiges Wesen, im Einklang mit dem Rhythmus dieser blitzschnellen, tanzenden stampfenden kleinen Füße. Ich kann Ihnen nicht beschreiben, in was für eine Erregung wir bei diesem Tanz gerieten. Haben Sie auf Grund Ihrer eigenen Erfahrung eine Ahnung, was für einen Tanz ich meine?"

Ich antwortete ihr nicht geradenwegs, denn da war etwas, was ich wissen mußte, ehe ich auf ihre Frage einging: ich glaubte, die Antwort zu kennen, was mich nicht wenig bewegte. Ich sagte daher: „Sie sprachen vorhin so, als seien es zwei Tänze gewesen, nicht bloß einer. Gab es da einen Unterschied in der Tanzweise, der Sie das sagen ließ? Ich wäre sehr dankbar, wenn Sie mir jede Einzelheit erzählen würden, denn es ist äußerst wichtig."

„Ja, es war nämlich so", entgegnete sie rasch, „daß er das eine Mal so tanzte, wie ich es Ihnen beschrieben habe: den Hals nach vorn gereckt, den Kopf gesenkt, die Augen nach unten gerichtet, als suchten sie etwas auf dem Boden zu seinen Füßen, und seine Hände bewegten sich rhythmisch in zugreifenden kleinen Gesten zum Boden hin. Das andere Mal aber warf er den Kopf weit zurück und seine Augen blickten nach oben mit einem Ausdruck, ich möchte sagen, des Verlangens, der mich fast zum Weinen brachte, und seine Hände waren, soweit es ging, nach oben gereckt, mit weit offenen Handflächen und zitternden Fingerspitzen, als flehe, bitte, bete er zu etwas hoch oben außerhalb seines und unseres Gesichtsfeldes. Das Merkwürdige ist, daß die erste Tanzart, die ich Ihnen beschrieben habe, die war, die er am häufigsten tanzte, als ich ihn als Kind kennenlernte, daß er aber mit zunehmendem Alter, wenn wir ihn baten, nur noch diesen anderen tanzte, die Hände, so hoch er nur irgend konnte, gen Himmel gereckt. Sie können mir glauben: mit Kränklichkeit und nachlassenden Körperkräften hatte das nichts zu tun, denn diese zweite Variante verlangte von ihm die gleiche Anstrengung wie die erste, wenn nicht mehr. Können Sie damit etwas anfangen?"

Diese letzte Frage war erneut überschattet von einer Besorgnis, wie sie eine Mutter um das Ergehen eines verlorenen Kindes empfindet; offenbar war die Haltung dieser Frau Hans Taaibosch gegenüber von dieser Besorgnis völlig beherrscht. So war ich froh, ihr hier einmal im Vollgefühl meines Wissens antworten zu können.

„Was Sie zuerst beschrieben haben, ist der Tanz des kleinen Hungers", sagte ich ihr, meiner Sache sicher. „Die zweite Variante nennen sie den Tanz des großen Hungers. Es sind zwei ihrer größten Tänze, und bezeichnenderweise werden sie in der Regel nicht kollektiv, sondern von einem Tänzer allein getanzt, als wollten sie damit zu erkennen geben, daß dieser Tanz, was immer seine Bedeutung, mit ihm und seinem eigenen Schicksal auf besondere Weise verknüpft ist und nicht dazu bestimmt, daß andere mitmachen und sich einmischen. Es sind die beiden großen, sein Dasein bestimmenden Tänze im Leben eines Buschmannes. Der erste ist der Tanz des physischen Hungers, wie ihn das Kind im Augenblick seiner Geburt verspürt, den es zuerst an der Mutterbrust stillt, und der es von da an für den Rest seines Erdenlebens begleitet. Der zweite Tanz ist jedoch der Tanz eines Hungers, der weder durch die Nahrung dieser Erde noch durch das auf Erden mögliche Leben gestillt werden kann. Es ist ein Tanz, durch den der

Buschmann instinktiv zu verstehen gibt, daß der Mensch nicht von Brot allein leben kann, wenn er freilich auch nicht ohne Brot leben kann; daher diese zwei.

„Wenn ich die Buschmänner über diesen Tanz des großen Hungers befragte, meinten sie nur: ‚Es sind nicht allein wir, die tanzen und fühlen, wie wir den Staub aufwirbeln, der eines Tages vom Wind getragen unsere letzte Spur im Sand verwehen wird, wenn wir sterben, auf daß nicht andere kommen und beim Anblick unserer Fußspuren meinen, wir seien noch am Leben; nicht allein wir fühlen diesen Hunger, sondern auch die Sterne, die dort oben stehen mit einem Herzen voller Überfluß: auch sie fühlen ihn, und während sie ihn fühlen, zittern sie, als befürchteten sie, sie würden verlöschen und ihr Licht werde sterben wegen dieses übergroßen Hungers. Auch die große Mutter Sirius dort oben mit dem größten Herzen voller Überfluß, wenn sie dort höher sitzt als andere und sich über den Rand der Nach hinweg in den dahinterliegenden Tag blicken spürt, auch sie kennt diesen Hunger, und weil sie sieht, wie weit und wie lang wir mitsammen wandern müssen, ehe dieser Hunger zum Schweigen gebracht werden kann, weint sie um unser aller willen, die wir ihrem Herzen teuer sind, und läßt ihre rinnenden Tränen in den Staub tropfen, der von unseren tanzenden Füßen aufgewirbelt wurde, und auf Busch und Gras fallen, und am Morgen sehen wir dann die Blätter hell glänzen und wissen, daß sie feucht schimmern von den Sternentränen, die in der Nacht vergossen wurden über diesen großen Hunger und über uns um seinetwillen.' "

Zwar war ich mir bewußt, daß ich diese Antwort eines Buschmannes nur sehr unvollkommen wiedergab, hatte ich sie auch vor soviel Jahren wer weiß wie oft vernommen, doch konnte ich für die Echtheit der dadurch in mir erweckten Gefühle einstehen, und es beruhigte mich, zu sehen, wieviel ihr meine Antwort bedeutete. Dennoch habe ich es nie stärker bedauert, daß es im Leben keinerlei Ersatz für die eigene Erfahrung gibt, weil ich mir für sie, die soviel getan hatte, das Recht darauf zu verdienen, dieses Letzte zu schauen, so sehr wünschte, sie hätte alles so erlebt wie ich, damit sie erkennen konnte, daß Hans Taaibosch, wenn er bei vorgeschrittenen Jahren diesen Tanz des großen Hungers allen anderen vorzog, nur dem Grundmuster von Scheiden und Wiederkehr gehorcht hatte; von allen Mustern unseres Geistes ist dies das in die größte Tiefe führende, wie ich glaube, und am tiefsten führt es bei denen unter uns, die aus dem Scharlachstaub Afrikas hervorgegangen und von ihm geformt worden sind.

„Bedenken Sie, alles, was Sie mir erzählt haben, macht deutlich, daß zu Anfang sein Tanzen ganz auf den zur Zeit des Aufbruchs verspürten Hunger gerichtet war, daß er aber durch eine Akzentverschiebung schließlich mit dem Tanz des großen Hungers endete – des Hungers, der über den Endpunkt seiner letzten Heimkehr hinausreicht; denn wenn die Zeit der Heimkehr naht und die Lebensrunde für Fleisch und Blut auf Erden fast vollendet ist, und der Kreis sich immer enger schließt, dann treibt es in Afrika ein jegliches Lebewesen, ob Insekt, Vogel, Säugetier oder Mensch, zurückzukehren an den Ort seiner Geburt. Das haben mir die Menschen in Afrika nicht nur gesagt, wenn sie für sich selber sprachen. Das, sagen sie, gilt auch für die ganze Natur, und sie sprechen darüber im lebendigen Licht eigener Erfahrung und aus ihrer fast mystischen Teilhabe am Wesen des Tieres und aller anderen sie umgebenden Daseinsformen. Wenn die letzte Stunde naht, haben alle, so sagen sie, das Verlangen, ihre Runde damit zu beschließen, daß sie den Faden ihres eigenen Lebens wieder dort anknüpfen, wo es seinen Umlauf begann.

„Von meiner eigenen Familie, die zu den Pionieren zählt, habe ich selbst Geschichten von alten überlebenden Buschmännern vernommen, die um ihrer Sicherheit willen in die afrikanischen Öden geflohen waren; doch im Alter setzten sie ihr Leben auf Spiel und kamen heimlich in die mittlerweile festgegründeten Siedlungen ihrer Feinde geschlichen, um zu einer überhängenden Klippe oder in eine Höhle zurückzukehren, wo sie als Kinder Schutz gefunden hatten. Da wurden sie von ihren Feinden gesehen, die aber soviel Mitleid mit ihnen hatten, daß sie sie nicht an ihre Genossen verrieten, so sehr rührte sie der Anblick dieser alten Menschen: sie preßten ihre runzligen Wangen an die Felsen, liebkosten die Findlingsblöcke, streichelten sie, berührten alles rundum zärtlich mit den Fingerspitzen und weinten bitterlich, als seien es lang vermißte lebende Wesen, die sie nach herzbrechender Suche wiedergefunden hatten.

„Hans Taaibosch muß natürlich gewußt haben, muß ‚voll und ganz' – wie er gesagt haben würde – akzeptiert haben, daß es eine physische Rückkehr an den Ort seiner Geburt, der ihn am Ende willkommen geheißen hätte, nicht gab. Nur im Geiste konnte er dorthin zurückkehren, und das konnte er am besten tun, wenn er seine Sehnsucht nach einem letzten Blick auf den Ort seines Ursprungs aus sich heraustanzte und diese tiefe unerschöpfliche Figur von Aufbruch und Rückkehr tanzte und immer wieder tanzte, so wie sein Volk stets das Unausdrückbare, Unerträgliche und Unerreichbare in seiner grausamen kleinen Lebensrunde auf Erden aus sich herausgetanzt hat." Doch mir war, als hätte ich bereits mehr gesagt, als in einem Augenblick solcher Spannung aufgenommen werden konnte. Wenn ich ihren Gesichtsausdruck richtig deutete, hatte ich ihr jedenfalls ausreichenden Beistand geleistet, und so glaubte ich, ich könne sie nunmehr leichteren Herzens als zuvor bitten: „Aber jetzt sind Sie an der Reihe. Bitte sagen Sie mir, warum haben Sie mich über diese Art des Tanzens befragt? Und welche Rolle hat sie letztlich in Ihrem Leben und dem von Hans Taaibosch gespielt?"

„Das kam nur daher", brachte sie mit Mühe hervor und verwendete dabei das ‚nur' nicht verkleinernd, sondern in dem Sinne, ebendies sei das Eine und Einzige gewesen, worauf es damals überhaupt ankommen konnte, „es kam nur –" und wieder zögerte sie, ehe sie mit der ihr eigenen irritierenden Indirektheit hinzufügte: „Habe ich Ihnen eigentlich erzählt, daß er alle Frauen und Mädchen, die er kannte, mit ‚Dolly' anredete?"

„Nein", erwiderte ich, ziemlich ungeduldig, fürchte ich, denn ich hatte allmählich Atmosphäre genug erfahren und brauchte ein paar einfache, unklomplizierte Fakten. „Nein, bis jetzt haben Sie davon noch nichts erwähnt."

„Ach, wie gedankenlos von mir", rief sie, ehrlich zerknirscht. „Sehen Sie, er nannte uns alle, mich nicht ausgenommen, Dolly; dabei wußte er ganz genau, wie ich hieß. Als ich ihn zum letzten Mal besuchte, lag er schwer krank im Bett, und ich setzte mich zu ihm und hielt seine Hand – er lag da und atmete schwer, sein altes Gesicht sah runzliger aus denn je, und seine Augen waren fest geschlossen. Ich weiß nicht, wie lange ich dort gesessen habe, nur, daß ich froh darüber war, weil ich wußte, er wußte, daß ich bei ihm war, so fest hielt er meine Hand. Auf einmal öffnete er die Augen und lächelte mich an, nicht wie ein alter Mann, sondern wie er gelächelt hatte, als ich ihm zum ersten Mal in seinen besten Jahren begegnete. Mit einer fast jugendlich heiter klingenden Stimme sagte er: ‚Dolly, tanz für mich, bitte. Bitte tanz für mich, Dolly, ich habe so oft für dich getanzt.' Und es war merkwürdig, mein ganzer Instinkt wollte, daß ich aufstand und für ihn tanzte – den Tanz des großen Hungers, wie Sie ihn genannt haben, genau so, wie er ihn so oft für uns getanzt hatte; von dem Wie hatte ich freilich kaum einen Schimmer, denn selber getanzt hatte ich ihn nie. Aber seine Augen waren so erwartungsvoll und blickten so flehend, daß ich dachte: Ach was, komme was will und einerlei, ob ich mich zum Narren mache, ich will mein Bestes für ihn tun.

„Ich ließ seine Hand los, stand auf, sah, wie seine Augen mir gespannt folgten, warf meine Schuhe ab, trat in die Mitte des Zimmers und kehrte ihm den Rükken zu, wie er es immer gemacht hatte, um mit einer großen Seitwärtsbewegung zu beginnen, mit den bloßen Füßen den Boden stampfend, ehe er herumwirbelte und uns gegenüberstand, Gesicht und Arme emporgeworfen. Doch als ich ihm den Rücken wandte, vernahm ich einen eigentümlichen Laut – er glich einem Windstoß, der mit solcher Wucht gegen die Tür geschleudert wird, daß er dünn und langgezogen durch das Schlüsselloch ins Zimmer und wieder hinausdringt. Es war ein Laut, wie ich ihn nie zuvor gehört hatte, er erschreckte mich. Sogleich wirbelte ich herum, und Hans Taaibosch war gegangen.

Ich sage: gegangen, und das mit voller Absicht, nicht, um darumherum zu reden, denn damals spürte ich – wenn ich es auch erst heute nacht, nach dem was Sie mir erzählt haben, in Worte fassen kann –: sein Geist hatte in diesem Augenblick die Bewegungsfreiheit wiedergewonnen, die für ihn lebenswichtig war, und hatte sich auf eine große lange Wanderung im All begeben, auf die er sich auf Erden so gut eingeübt und die er so geliebt hatte, und er war nicht das, wofür ihn der sofort herbeigerufene Arzt erklärte: tot..."

Wohl hatte ich das Ende erwartet, doch wie Hans Taaibosch davongegangen war und welch liebevollen Anteil diese Frau daran gehabt hatte, davon war ich so bewegt, daß ich mich ganz überwältigt fühlte. Ich konnte unter dem Gewicht von alledem nur den Kopf senken und in den Händen vergraben und verstummen angesichts der Würde und der geistigen Höhenlage des Geschehens. Ich wußte, ich mußte etwas sagen – meinetwegen Banales – um die Bedeutung des Gehörten zu würdigen, und ich durfte nicht warten, bis ich mich imstande fühlte, alldem Ausdruck zu geben, das so vielschichtig und reich nuanciert gewesen und auf einmal im Brennpunkt eines solchen Endes so einfach und klar geworden war, aber ich wagte nicht, auch nur die erträglichste dieser bei solchen Gelegenheiten üblichen Platitüden von mir zu geben.

So mußte sie das Schweigen brechen und, offensichtlich verwirrt durch meine Reaktion, fragen: „Hoffentlich halten Sie es nicht für Haarspalterei von mir, oder denken, ich wäre der Wirklichkeit des Geschehenen durch einen bloßen Euphemismus ausgewichen, als ich sagte, daß Hans nur von mir gegangen ist und nicht ‚tot' war. Diese Unterscheidung bedeutete mir damals unendlich viel. Sie kam mir völlig ungerufen, und sie bedeutet mir immer noch so viel wie damals. Es wäre mir schrecklich, wenn Sie dächten, das hätte nicht allzu viel zu sagen."

Jetzt blickte ich zu ihr auf. Ich muß wohl erwartet haben, ein tränenfeuchtes Gesicht zu sehen, wie es an dem Tag gewesen sein muß, da Hans Taaibosch ihre Welt verließ. Doch ihre Augen waren weit offen, klarer und heller als je; ich begriff, daß es Gefühle gibt, die sich weder durch Worte noch Tränen ausdrücken lassen, weil sie unmittelbar dem lebendigen Feuer des Daseins entspringen, wo selbst Tränen weggebrannt werden, mögen sie noch so rasch und reichlich quellen.

Ihr Beispiel gab mir irgendwie neue Kraft. Ich kann mich nicht mehr genau an meine damaligen Worte erinnern, denn trotz der inzwischen verflossenen langen unsteten Jahre ist die sie begleitende Bewegung so stark geblieben, daß ich mich noch nicht mit genügender innerer Ruhe daran erinnern kann, um das Geschehene vollständig und klar wiedergeben zu können. Ich glaube aber, daß es mir gelang, ihr jeden Zweifel daran zu nehmen, wie stichhaltig auch ich diese Unterscheidung fand. Auch für mich war Hans Taaibosch bloß im technischen Sinne tot, er war nur weitergegangen – irgendwohin, jenseits von Raum und Zeit, Begriffen, die bei allem Gewicht und aller Größe der Konzeption lediglich provisorische Vorposten des menschlichen Bewußtseins sind an der fernen Grenze zu einer unentdeckten Welt unendlicher Möglichkeiten neuen Seins und Sinnes. Ja, ich war überzeugt: Hans Taaibosch oder, genauer, das unvergängliche durch ihn sichtbar gewordene Inbild, das einst seine einzigartige Kind-Mann-Gestalt geformt und mit klarem unverbittertem Geist befeuert hatte, war irgendwo in einer unbegreifbaren Dimension ohne die Schranken von Raum und Zeit, wie er es ausgedrückt hätte, wieder ‚auf der Spur' – der Spur von etwas, das in dem von Beute wimmelnden Unbekannten diesen großen Hunger stillen kann, den er so oft in seinem Tanzen sichtbar gemacht hatte und den er im vollen Maß seiner frommen Phantasie mit den Sternen und allen anderen Systemen teilt, die alle in ihren verschiedenen Laufbahnen einem einzigen Ziel zueilen. Denn wenn dem nicht so wäre, das müsse sie mir glauben, dann könne er für mich nicht so lebendig sein, wie er es in diesem Zimmer geworden war.

Er war gleichsam von ihr in diesem Zimmer geboren worden. Sie hatte von allem empfangen, das wahr, zeitlos und unzerstörbar in Hans Taaibosch war – so konnte er wiedergeboren werden, umhegt von der liebevollen Fürsorge der feinstfühligen und kostbarsten weiblichen Intuition, so daß ich das Gefühl hatte, ich sei ihm im Fleische begegnet, hätte ihn lebend erlebt und alt werden sehen und ihn begleitet, bis ich mit ihr zusammen am Ausgang seiner Welt gestanden hätte. Dafür konnte ich ihr nicht genug danken, auch wenn ich nicht sofort versuchen wollte, ihr das Wie und

Warum zu definieren, und das auch gar nicht gekonnt hätte.

Ich weiß nicht, was für eine Reaktion sie eigentlich von mir erwartet hatte, doch ich vermute, es war weniger. Aus der Art, wie sie mich durch einen Tränenschleier anblickte und mir dankte, schloß ich, daß sie Angst vor einer Enttäuschung gehabt hatte, in einem Grad, den ich nicht ausloten konnte; höre ich doch noch heute, als sei es gestern gewesen, wie sie, ihr Gesicht bedeckend, sagte – es klang fast wie ein Gebet: „Lieber Gott, was für eine Erleichterung, was für eine Wohltat! Hans, endlich sind wir nicht mehr allein!"

Und als sie nach einer Weile die Hände vom Gesicht nahm und mich wieder mit klaren Augen anblickte, erklärte sie mir, wie sie all die Jahre mit dem seltsamen Gefühl gelebt habe, Hans Taaibosch sei irgendwie noch am Leben und bestehe darauf, daß es noch etwas gebe, was sie für ihn tun müsse, etwas, das nur sie tun könne. Sie hatte gemeint, dies Gefühl werde sich mit der Zeit verlieren, denn es schien keinerlei rationalen Sinn zu haben und war vielleicht nur eine der Formen, in denen sich ganz natürlich ihr Kummer über seinen Weggang Ausdruck verschaffte.

Dennoch versuchte sie mit aller ihr verfügbaren Einfühlungskraft und Phantasie herauszufinden, was sie vielleicht zu Lebzeiten von Hans unterlassen haben könnte und was von ihr um seines Andenkens willen irgendwie erkannt zu werden fordern könne. Aber ihr wollte nicht das Geringste einfallen, abgesehen natürlich von all den kleinen Unterlassungen und Versäumnissen, deren sich die besten unter uns in ihrer Beziehung zu anderen schuldig machen. Gleichwohl verstärkte sich dieses Gefühl nicht nur, es ließ sie nachts nicht einmal mehr schlafen; und das ging soweit, daß sie zu der Überzeugung kam, es würde ihr ein wesentliches Stück ihres eigenen Lebens verloren gehen, wenn sie nicht herausbekäme, um was es ging.

Sie hatte beinahe jede Hoffnung aufgegeben, als sie zu den Vorträgen nach Pendle Hill kam. Sie hatte nie von mir gehört und ging nur deshalb hin, weil sie in ihrer Zeitung gelesen hatte, daß auch ich aus Afrika stamme wie Hans Taaibosch. Sie war selbst Quäkerin, und so war es für sie nicht schwierig, eine Einladung zur Teilnahme an den Treffen zu erhalten. Vom ersten Vortrag an wußte sie – und wollte es doch aus Furcht vor Enttäuschung nicht wahr haben –, daß sie dort war, um Hans und mich zusammenzubringen. Das Hin- und Hergezerrtwerden zwischen Wissen und Nichtwissen war zuweilen, fügte sie ein, nahezu unerträglich. Unter dem Gefühl dieses Auftrages hatte sie mich dann gebeten, mit mir sprechen zu dürfen – es war ihr gewesen, als habe sie Hans Taaiboschs kleine Stimme in seinem drolligen Buschmann-Englisch selbst gehört, die ihr geradezu befahl, ihn mir vorzustellen – so wichtig war es für ihn.

„Und ich habe recht gehabt, mehr recht, als ich je

hätte hoffen oder denken können!" rief sie und faltete die erhobenen Hände. „Sie glauben gar nicht, welch tiefer vollkommener Frieden plötzlich nach all diesen Jahren über mich gekommen ist. Fast ist mir –" sie zögerte, als sei es ein so großer, ja beinahe heiliger Gedanke, daß jeder Versuch, dafür Worte zu finden, ihn nur verkleinern und profanieren konnte, doch sie faßte sich ein Herz und fuhr fort: „Fast ist mir, als sei etwas von dem großen Hunger von ihm gewichen, nun, da ich mit Ihnen darüber gesprochen habe und Sie es verstehen, denn Ihr Verständnis wird seine Lebenssubstanz mehren. Wovor ich am meisten Angst gehabt habe, war, glaube ich, daß er ohne jede Spur einfach verschwinden würde, wenn auch ich gestorben sein werde, und daß dann nichts oder niemand mehr übrig wäre, um darauf hinzuweisen oder sich zu erinnern, wie einzigartig und bemerkenswert er hier unter dem wechselnden Mond gewesen ist – den er, nach allem, was Sie erzählt haben, so geliebt haben muß.

„Mir scheint, jetzt wissen Sie Bescheid und können ihm seinen Platz in den Annalen seines Volkes zuweisen; jetzt ist sein Leben nicht umsonst gewesen, und es kann seinen kleinen Anteil von Sinngehalt weitergeben. Worin dieser Sinn eigentlich besteht, das kann ich freilich ebensowenig in Worte fassen, als ich über den Mond springen könnte. Und doch bin ich gewiß, daß es ihn gibt – zum Greifen nahe, denn noch nie habe ich soviel wunderbaren Frieden nach soviel Jahren der inneren Spannung in mir verspürt. Hoffentlich finden Sie das nicht übertrieben. Wie man es auch ansieht, es war doch etwas ganz Außergewöhnliches, meinen Sie nicht, wie er hierhergekommen ist und in unserer Mitte so glücklich gelebt hat und geendet ist? Und dabei ist jedes Wort wahr, das ich Ihnen über ihn gesagt habe."

Ich versicherte ihr, daß mir nichts, wirklich gar nichts von dem von ihr Gesagten übertrieben vorkomme. Ja, ihre Geschichte sei sogar noch weit ungewöhnlicher, als selbst sie sich vorstellen könne, so sehr, daß sich mir die Haare sträubten und ich außerstande sei, zu tun, als hätte ich eine Erklärung dafür, die mich befriedigte, geschweige denn eine, die unsere heutige Welt befriedigen könnte. Ich könne lediglich ihrem Bericht über sein Leben die erstaunlichen und unbegreiflichen Tatsachen, die mir bekannt seien, hinzufügen und für sich selber sprechen lassen.

„Zu allererst dies: In der Geschichte der menschlichen Imagination gibt es ein bedeutendes Faktum, das in diesem Zusammenhang erwogen werden muß. Überall, zu allen Zeiten, in allen Kulturen, bei allen Rassen, von denen wir Kunde haben, war es so, daß immer dann, wenn der höchste Sinn, der höchste Wert des Lebens, in dem die Menschen ihre Götter oder ihren Gott erblickten, einer Erneuerung und Mehrung durch das Leben auf Erden bedurfte, dieses Geschehen mit einem Traum begonnen hat. Die Ilias zum Beispiel, eine der größten aus dem Bereich unserer eigenen Geschichten, mit der das wahrhafte Abenteuer des europäischen Geistes anhebt, beginnt ihren verhängnisvollen Lauf damit, daß Zeus, der oberste Gott der Griechen, in der Versammlung der Götter auf dem Olymp über den großen zum Untergang verurteilten Agamemnon einen Traum verhängt, als dieser bei seinen schwarzen Schiffen auf dem gelben Sand im Schlaf liegt zwischen den weißen Rossen der Brandung und dem Rande der weiten Ebene von Troja.

„Und ferner: Auch im alten Testament, dem anderen großen Strom, der unsere hebräisch-griechisch-römische Geschichte speist, ist es ein Traum, der Traum von einem Gott und einer Engelsleiter in der Wüste, der Jakob nach seinem Betrug an Esau zum Trost gesandt wird, um ihm das Versprechen göttlicher Unterstützung auf seiner Seite des großen Bruches im menschlichen Geist zu bringen – so bedeutsam für unser in blutige Kriege verstricktes Gestern, die Geschichte von Hans Taaibosch und die des Buschmanns! Solcher Beispiele gibt es unendlich viele und unendlich verschiedene, aber immer und überall zeigen sie das gleiche Muster: zu Beginn ein Traum. Ich fürchte, all das wird Ihnen derart als archaisches Zeug, als alter Hut vorkommen, daß es für die heutige Szene, auf der Hans Taaibosch, der Ihnen und mir so am Herzen liegt, wie eine Projektion der Vorgeschichte aufgetreten ist, völlig belanglos zu sein scheint. Aber das ist es nicht. Bis jetzt habe ich es noch niemandem gesagt, außer der beteiligten Träumerin, daß ich niemals nach Amerika gekommen wäre, hätte nicht ein Traum dazu den Anstoß gegeben. Ohne diesen Traum säße ich jetzt nicht hier und hätte nie Hans Taaiboschs Geschichte von Ihnen vernehmen können."

Ihre Augen weiteten sich vor Staunen. Zum ersten Mal richtete sie sich gerade auf, jetzt auch äußerlich so gespannt, wie sie es bisher nur innerlich gewesen war. Sie hätte zweifellos gesprochen, hätte ich mich nicht beeilt, hinzuzufügen, daß – weit merkwürdiger noch – es zwar ein in Amerika geträumter Traum sein Angelpunkt aber die Gottesanbeterin, der Gott der Buschmänner und daher auch Hans Taaiboschs Gott gewesen sei. Ja, diese Mantis sei in diesem Traum nicht nur am Anfang persönlich aufgetreten, sondern sei der gleichen widerstrebenden Träumerin Jahr um Jahr in immer neuen Träumen erschienen, genau so wie Hans Taaibosch sie Jahr um Jahr in ihrem Kopf und ihrem Herzen verfolgt habe; und das Tier habe sich nicht mit einem Nein abspeisen lassen und darauf bestanden, daß ihm die Träumerin Beachtung schenke, bis sie schließlich in Verzweiflung an mich geschrieben und um Hilfe gebeten habe. Tatsache also war, grob zusammengefaßt: ohne die Mantis selbst und ihre hartnäckig wiederholten unermüdlichen Traumbesuche hätte sie niemals die Begegnung zwischen ihr selbst, mir und Hans Taaibosch zustande bringen können. Was in aller Welt oder Himmels Namen sie dazu sage?

Sie schüttelte langsam und ernst den Kopf und sagte nur mit vor ehrfürchtiger Scheu gedämpfter Stimme: „Seltsam, und seltsamer, als ich je hätte denken können . . ." und verfiel wieder in ihr Schweigen, sah mich aber erwartungsvoll an, und ihre Augen verlangten nach mehr.

„Wäre es wohl zu weit hergeholt", fuhr ich daher fort, „wenn man annimmt, daß die Mantis, oder jenes höchste Alleine, dessen Abbild – eines der frühesten und rätselhaftesten – sie ist, uns alle auf ein einziges vorgeplantes Ziel hin geweiht und gelenkt hat, trotz all unserer angeborenen Trägheit gegenüber unwahrscheinlichen Eingebungen und all unseres Widerstandes gegen das uns Unvertraute: Männer, Frauen, Zeit, Zufall und Umstände, ganz zu schweigen von ihren und unseren eigenen Komplikationen und Verschiedenheiten? Vielleicht ist eine so überlegene Führung die einzige Erklärung für die Sicherheit, den scharfen Sinn für das Detail und die Eindeutigkeit der Richtung dafür verantwortlich, daß wir einander so unausweichlich begegnet sind, wie es dann geschehen ist? Was nun die Rolle von Hans Taaibosch bei alledem angehe, so sieht es so aus, als sei er zum Werkzeug auserkoren worden, um uns einen Aspekt der Sinndeutung zu offenbaren, der ganz und gar unter der Obhut des von der Mantis repräsentierten Inbildes steht, uns, und durch uns wiederum dem Leben unserer Zeit.

„Wie sonst soll ich mir, zum Beispiel, erklären, daß

ich mit Vorbedacht und ganz gegen meinen Wunsch und meine bewußte Absicht nach New York gebracht worden bin, als der einzige lebende Mensch, das darf ich ohne Eigenlob oder Überheblichkeit von mir sagen, der etwas von der Mantis und ihrer Bedeutung für die Bilderwelt des Buschmannes versteht und der weiß, welche Bewandtnis es mit dem nie ans Licht gebrachten geistigen Leben von Hans Taaibosch vor seinem Auftauchen in Amerika gehabt hat? Und ist es nicht mehr als bloßer Aberglaube, wenn man die Möglichkeit erkennt, daß es das unzerstörbare Inbild von Hans Taaibosch ist, befreit aus seiner zeitweiligen Haft in Amerika, die Sie so sehr bedrückt hat, das an erster Stelle für all dies verantwortlich ist? Kann er nicht in seinem Jagdeifer auf der Spur nach Nahrung für den großen Hunger seinen Gott angefleht und mit ihm zusammengewirkt haben um eben dieses Zieles willen, genauso wie er stets ohne Zögern die Mantis um Hilfe anrief, wenn er dem Wild auf der Spur war, dessen er zu seiner Nahrung auf Erden bedurfte?"

Offensichtlich hatte ich in Worte gebracht, was sie bereits intuitiv in der Sprache ihres eigenen Fühlens erfaßt hatte, denn sie bemerkte: „Ich wage es kaum zu glauben, aber es scheint mir nicht nur möglich zu sein, sondern tief und unzweifelhaft wahr. Wie sollte man es sonst erklären? Nicht wahr, ich kann es doch nicht einfach deshalb für unbedingt wahr halten, nur weil ich mir es so dringlich gewünscht habe, weil ich von der

Bedrückung durch die scheinbare Sinnlosigkeit und Unstimmigkeit von Hansens Leben bei uns erlöst werden wollte? Das kann nicht bloß Wunschdenken sein, oder genauer, ich kann mir nicht wirklich denken, ich akzeptierte nur deswegen so bereitwillig, was Sie sagen, weil es mir eine selbstsüchtige Genugtuung verschafft: es scheint ja zu bestätigen, wie recht ich die ganze Zeit hatte, davon überzeugt zu sein, daß dahinter mehr stecken müsse, als dem Auge sichtbar ist.

Fast hätte ich gesagt: mehr als man sich träumen läßt, aber das wäre jetzt fehl am Platze, da wir ja sehen, welche entscheidende Rolle gerade das Träumen bei allem gehabt hat! Nein, ich bin ganz und gar einverstanden mit dem, was Sie vorhin gesagt haben: wir stehen hier vor einem großen lebendigen Mysterium. Was aber bedeutet es? Lassen sich nicht vielleicht Worte finden, die uns etwas wenigstens erahnen lassen? Bitte, versuchen Sie es, denn wenn Sie es nicht können – ein anderer kann es bestimmt nicht."

Ich wolle es versuchen, versprach ich ihr wie auch mir selber, und ich wagte sogleich den ersten Versuch.

Zum Glück hatte ich eine dunkle Ahnung, was es bedeuten konnte. Ein Teil steckte zwar bereits in der Frage, die ich ihr gestellt hatte, aber jetzt war ich sicher, daß dieses Muster von Kommen und Gehen, von Weben und Sichverflechten von Einzelleben und Kulturen, das sich bereits im Kern unseres Gespräches abgezeichnet hatte, weder beiläufig noch zufällig war. Wenn man von meiner eingangs dargelegten Auffassung, meinem ‚Vorurteil', absieht, dann genügten ein oder zwei Koinzidenzen wohl nicht, um einen aufrechten und redlichen, der reinen Vernunft verschworenen Geist zufriedenzustellen, aber in unsere Geschichte waren auf jeder Stufe und unter jedem Aspekt ihrer so viele eingewebt, große und kleine, daß jeder Versuch, ihre Rolle als beiläufig oder zufällig abzutun, von vornherein unzulässig war.

Hierin wurde ich dadurch bestärkt, daß sogar noch mehr dahinterstand, als ich angedeutet hatte – so viel mehr, daß wir vielleicht nie das Wie und Warum erkennen würden und wohl besser täten, über die Form der Übermittlung der Botschaft nicht weiter nachzugrübeln, und uns darauf zu beschränken, nach ihr selbst zu suchen. Zunächst aber, meinte ich, sollten wir das Mysterium in seiner Genauigkeit völlig auf uns nehmen, als seien wir ‚Kundschafter Gottes' – wie Shakespeare es ausgedrückt hätte – oder in diesem Falle, genauer, Kundschafter der Mantis vor der Front des Nichtgewahrseins, weit vor den gewagtesten jener Außenposten des Geistes und an den fernen Grenzen des Unbekannten, wo das Inbild von Hans Taaibosch in diesem Augenblick seiner Fährte folgte, und könnten lohnende Kunde heimbringen.

„Aber das Mysterium kann doch keinesfalls noch größer sein, als es schon ist?" rief sie aus, als wäre jedes Mehr für sie schon ein Zuviel.

„Ich fürchte, es ist so", erwiderte ich; ich ließ einen Ton der Warnung anklingen, weil wir uns mit dem Element der zeitlichen Koordination des Ganzen bisher nur unzureichend auseinandergesetzt hatten. Für mich war dies Element das merkwürdigste und subtilste und kaum zu definierende. Und um uns den Zugang zu erleichtern, blieb mir nichts übrig, als ihr im einzelnen von dem Zeitablauf und den Koinzidenzen zu erzählen, über die ich im Verlauf dieser Geschichte bereits berichtet habe – angefangen mit der großen Gleichzeitigkeit der ‚Jahreszeiten' bis hin zu solchen subtilen Parallelen und Kontrapunkten, wie sie durch bloße Namen beschworen wurden: da war die von der Mantis zum Vehikel ihres Traumes auserwählte Frau – Martha Jaeger –, und da war meine ins Stocken geratene Arbeit am „Herz des kleinen Jägers", für den die Mantis ebenfalls der betende, wachende, kontemplative Gott war.

Bis dahin hatte sie mit respektvoller Teilnahme zugehört, aber wie weit sie sich von dem, was nun kommen müßte, überzeugen lassen konnte, ließ sich nicht vorhersagen, da es ein Aspekt war, den ich bis jetzt mit niemandem besprochen und selber noch kaum ausreichend erwogen hatte. Ich hatte, zu Unrecht vielleicht, Sorge, daß das, was ich jetzt sagen wollte, das Ausmaß eines Mysteriums selbst für jemand so Aufgeschlossenen wie sie an die Grenze des Unannehmbaren treiben würde. Sie schien erstaunt zu sein, als ich darauf beharrte, es müsse noch mehr gesagt werden. Schon hatte ich begonnen, ihr auseinanderzusetzen, daß wir uns hier und jetzt inmitten der ausgeprägtesten zeitlichen Koordination befänden: alle Jahreszeiten, Vergangenheit und Gegenwart und unsere eigene Universal- und Individualgeschichte, schienen mir in diesem Zimmer zusammenzufallen und eins zu werden. Hier war mir, als wolle sie mich unterbrechen und um nähere Erklärung bitten, was mich veranlaßte, ziemlich abrupt zu bemerken: „Aber Sie wissen doch sicher, was die Stunde geschlagen hat, nicht wahr?"

Offensichtlich verstand sie mich völlig falsch, denn sie blickte auf die Uhr an ihrem Handgelenk – so rasch, daß das Licht wie ein goldener Pfeil von dem Metall zurückblitzte. „Ich weiß, es ist immer später, als man denkt" – antwortete sie gleich entschuldigend – „ich hätte nicht gedacht, daß es schon so spät ist. Es ist eben ein Uhr vorbei. Und ich glaube, ich muß gehen. Es ist schon viel zu spät, um weiterzureden, vielleicht ein anderes Mal ..."

Sie wirkte verletzt, enttäuscht, ungehalten, frustriert, zerknirscht und erschrocken – es lag alles in einem einzigen Blick. Ich beeilte mich, sie zu beruhigen und es wiedergutzumachen. „Auf einer Ebene des Lebens wie der, von der wir sprechen, ist es nie ‚schon zu spät'. Mir geht es nicht um die Zeit, die von den Uhren angezeigt wird, mir geht es vielmehr um die Jahreszeit und das Wesen der Zeit an sich. Ist Ihnen klar, daß die erste Morgenstunde des 22. Dezember angebrochen ist? Es gibt ein altes chinesisches Sprichwort: Zur Mitternacht wird die Mittagsstunde geboren. In der Nacht da draußen wurde vor einer Stunde der Mittag einer neuen Jahreszeit geboren, eines neuen Frühlings in der Welt. Gestern war der kürzeste Tag des Jahres: da ist unser Anteil an Licht am kleinsten und die Nacht am längsten, die Dunkelheit am größten! Doch in dieser Grenzsituation der Zeit, wenn es allem Anschein nach eigentlich keinen Grund gibt, weshalb nicht die Dunkelheit weiterwachsen und das Licht immer mehr abnehmen sollte, bis es ganz und gar verschwunden ist, kehrt sich der Gang der Zeit um, und jetzt ist schon seit einer ganzen Stunde das Universum auf neuen Kurs gebracht – auf ein Weniger an Dunkelheit und ein Mehr an Licht. Ist Ihnen klar, daß der Frühling jetzt schon eine Stunde alt ist?

„Soviel über den Augenblick und seinen Ort im Ablauf der Zeit, doch was hat das mit seiner Stellung in der Geschichte auf sich? Mit seiner Synchronizität im Leben der Menschen, insbesondere im Leben von Hans Taaibosch und in unserem? Historisch gesehen bedeutet das Jetzt sehr vieles, doch für uns im besonderen den Beginn der Weihnachtszeit. Vielleicht können Sie nun sehen, warum gerade ein solch unüberbietbarer Augenblick ausersehen und warum einzig und allein er der rechte Zeitpunkt für das Weihnachtsgeschehen war? Vor fast zweitausend Jahren hat sich in der dunkelsten Nacht der Menschenseele der Gezeitenstrom des Lebens in ebensolch einer Stunde gewendet, und so wurde der Mittag einer neuen Jahreszeit im Menschengeist geboren wie der Frühling inmitten der allgemeinen Nacht. Bis zu eben dieser Minute und Sekunde konnte das Leben des Menschen nicht gnadenloser einer aus dem Gleichgewicht geratenen, sich als Ganzes ausgebenden Hälfte auf der anderen Seite des großen Bruches ausgeliefert gewesen sein, von der wir schon gesprochen haben. Auf Gedeih und Verderb stand der Mensch unter der Gewalt einer Lebensform, die gänzlich auf weltlicher Macht beruhte und völlig stagniert, erschöpft und zu Erneuerung und Mehrung unfähig war, so groß auch ihr Beitrag zum Leben des Menschen in ihrer besten Zeit früher einmal gewesen war.

„Dann plötzlich wurde aus einem verachteten, verstoßenen und verfolgten Stück des natürlichen Selbst des Menschen, an der anderen Seite des großen Bruches draußen in der Finsternis des Lebens, unter dem bitteren Gewölk des Nichtwissens eine neue Lebensform, eine neue Quelle der Kraft geboren. Ja, sie hat einen Namen", fügte ich rasch hinzu, um das Wort, das sich auf ihren Lippen bilden wollte, nicht laut werden zu lassen, „doch lassen wir den Namen beiseite, bis wir mit der Zeit und den Zeitvorstellungen fertig und an den Ort gelangt sind, wohin dieser Name gehört und wo er zum erstenmal seinen echtesten Ausdruck gefunden hat. Können Sie sich für die Geburt eines verachteten und verstoßenen Selbst eine bessere Personifizierung vorstellen als die eines Kindes, das gemäß der Redeweise der Machtwelt ‚illegitim' geboren wird von einer Frau aus dem am meisten verachteten, verfolgten und verstoßenen Volk der damaligen Zeit, dem der Juden? Und verstärkt und noch einmal betont und außer aller Frage gestellt wird dieses Bild noch dadurch, daß diese Personifikation des Ausgestoßenseins, das Kind, aufwächst, um doppelt verstoßen, ja vernichtet zu werden: von dem verstoßenen Volk selbst und von eben jenem Element im Leben, zu dessen Erlösung aus seinem stagnierenden Selbst es gekommen war.

Wie sehr es an dem fehlte, was das Kind im Leben seiner Zeit repräsentieren sollte – kann es besser deutlich gemacht werden als dadurch, daß selbst in der geringsten Herberge oder Schenke am Wegrande kein Raum war für eine Mutter in Wehen? Läßt sich besser bildhaft darstellen, daß das Kind hervorgeht aus dem wahren Wesen des natürlichen Menschen, unverderbt durch Macht, Besitztümer, Eigentum, als durch seine Geburt unter den Tieren im Stall? Können Sie nun sehen – man muß sich freilich davor hüten, die Parallele auf eine absurde oder allzu erhabene Stufe zu treiben –, daß auch Hans Taaibosch als verachtete verstoßene natürliche Person, aus einer verfolgten Rasse geboren, auf seine bescheidene Weise ein verwandtes Sinnbild darstellt? Und liegt nicht darin die Bedeutung der Synchronisierung, die dazu geführt hat, daß Hans Taaibosch wieder erstanden ist und wir beide danach trachten, den Sinn seines Lebens hier in Amerika unter Ihren Freunden zu ergründen – gerade jetzt, wo wir uns der Feier jenes Tages nähern, an dem vor zweitausend Jahren in Roms großer Zeit dieses so verletzliche und wehrlose Lebensprinzip Fleisch und Blut gewann, in einem Augenblick, in dem das Universum wieder nach einer neuen Jahreszeit im Zeitablauf Verlangen trägt wie am heutigen Tag in der allertiefsten Dunkelheit des Jahres draußen hinter jenem verhängten Fenster hinter Ihnen? Auch wir leben in einer solchen römischen Zeitstunde, und das stagnierende Leben schreit nach Erneuerung und Wiedergeburt in allen seinen Aspekten. Gibt uns nicht eine solche Koinzidenz im Zeitablauf hier und jetzt einen klaren Hinweis?" fragte ich. „Bedeutet sie nicht: bei dieser Geburt eines neuen Prinzips sind die Bewegung im Herzen des Menschen in der Zeit und der Wechsel der Jahreszeiten ein und dasselbe, vereint zu einem gemeinsamen Ziel?

„Kann man nach einer solchen Koinzidenz und einem solchen Zusammentreffen von Zeit, Mensch, Geschichte und Weltganzem mit all seinen Systemen und Jahreszeiten noch länger bezweifeln, daß sie alle der Regel eines einzigen, alles beherrschenden und gemeinsamen Gesetzes unterworfen sind?"

Soweit hatte sie mir folgen können, doch nun unterbrach sie mich mit entschiedener, keinen Widerspruch duldender Stimme: „Und dies neue Prinzip, was ist es? Hans war nicht religiös im konventionellen Sinn, und er war ganz gewiß kein Christ. Was also hat dies mit ihm zu tun, und was wollen Sie damit sagen?"

„Daß er nicht religiös war im konventionellen oder christlichen Sinne" erwiderte ich, „ist nicht wichtig. Wesentlich ist, daß er ein von Natur religiöser Mensch war. Hat er nicht sein religiöses Fühlen immer und immer wieder in seinem Tanz des großen Hungers aus sich herausgetanzt?"

Sie war bereit, das zu bejahen, was aber hätte es eigentlich mit dem großen Hunger auf sich?

Nun war es an mir, Bedenken zu haben, auch wenn ich es mit einer Sicherheit und Klarheit wußte, wie ich sie selten bei irgend etwas sonst empfunden habe, doch ich zögerte, es bei Namen zu nennen. Ich hatte Sorge: weil der Name, fast seit im Anfang das Wort ward, so oft und so falsch gebraucht worden ist – geradezu als

Namensschild für Geistes- und Gemütszustände, die in vollem Widerspruch zu dem stehen, was auszudrücken er gekommen ist, so daß dieser Name zu einem der am meisten mißverstandenen Wörter der Menschheitsgeschichte geworden ist. Er könnte – wie alle zur landläufigen Scheidemünze gewordenen Wörter, bei denen die Integrität ihres Sinnes durch übermäßige Wiederholung und nachlässigen und allzu verallgemeinerten Gebrauch verschlissen wird – gerade in unserer Zeit durch den hierdurch hervorgerufenen Inflationsprozeß seinen Wert in einem solchen Grad verloren haben, daß er aus dem Bereich der Sinngebung herausfällt, wenn dem nicht entgegenstünde, daß es dafür in der Sprache ebensowenig einen Ersatz wie im Leben eine Alternative gibt. So sehr ich die zerstörerischen Folgen seiner Anwendung fürchtete – nicht im Geist dieser Frau, aber im Denken anderer Menschen, von denen ich erhoffte, sie würden über das über diese Begegnung Berichtete nachdenken –, mir blieb keine andere Wahl, ich mußte dazu ansetzen, ihr freiheraus den Namen des großen Hungers zu nennen: es ist der Hunger nach Liebe und nach einem Leben, das in Liebe aus Liebe und allein um der Liebe willen gelebt wird.

Doch ehe ich es aussprechen konnte, überfiel meinen Geist eine heftige und explosive Empörung gegen jene Zeitebene, von der sie vor kurzem mit einem Blick auf die Uhr Kenntnis genommen hatte – gegen den höchst oberflächlichen und seichten eindimensionalen Aspekt einer unserer tiefsten Wirklichkeiten; wußte ich doch, daß ich in jenem engen Sinne keine Zeit mehr hatte, um ihr einige der besonderen Nuancen zu schildern, die das Wort für mich besaß, so sehr es mich auch dazu drängte. So hatte ich keine Zeit, sie zum Beispiel an die wunderbaren Sätze über die Liebe im Brief des Paulus an die junge korinthische Gemeinde zu erinnern – wo er so bewegend und wahrhaftig das große, jüngst in einer Kreuzigung sichtbar gewordene Mysterium als den allerhöchsten Wert verkündet –, bevor ich mich an die Äußerung meiner eigenen Deutungsversuche wagte, wie sie sich bei der Suche nach ihrem Sinn in meinem eigenen abenteuerlichen und unvollkommenen Leben offenbart hatten.

Gewissermaßen hatte Hans Taaibosch vieles davon in seinem Tanze besser zusammengefaßt, als ich es in Worten tun konnte; er hatte den Hunger getanzt, den das ganze Universum und alles, was darin lebt, ununterbrochen empfindet. Aber hatte er auch das Paradox herausgetanzt, daß er beides in einem ist: der große Hunger und zugleich Nahrung für den großen Hunger? Ich glaubte: nein. Wie konnte sie also wissen, wie ich es zu wissen glaubte, daß aus der Kälte und Dunkelheit von der anderen Seite des großen Bruches, der den Menschen gegen sich selbst entzweit hat, kein Leben in das Licht und die Wärme unseres Tages eingehen kann, damit das Ungelebte gelebt, das Unwirkliche wirklich werden und ein größeres neues Sein empfangen werden kann, daß aber das Leben, wenn es uns anvertraut und in Übereinstimmung mit diesem Sein gelebt wird, heller, klarer, präziser, unmittelbarer und mehr eines mit sich selbst, der Zeit und dem kreisenden Universum sein wird als zuvor?

Konnte sie wissen, daß dies der einzige große versöhnende Faktor ist, der die beiden Gegensätze im Menschen vereinen kann, die so lange und so verhängnisvoll miteinander im Streit gelebt haben seit diesem Bruch zu Beginn, und daß sie, einmal vereint, eine Einheit bilden werden, nicht aus ‚Zwei' sondern ‚Drei' – eine Einheit, die unserem Verstand durch ihre mathematisch beweisbare Absurdität ebenso unwahr wie unmöglich vorkommen muß?

Das ist ein Teil des Mysteriums, denn in der Mathematik dieser Liebe wird Addition durch Subtraktion bewirkt, und es bedarf der Zwei oder gar der Drei, um eine Eins zu bilden. Das ist vielleicht der Grund, weshalb ein Dichter, der dies Paradox der Arithmetik der Liebe nicht begriffen hatte, einmal erklärt hat, daß, weil Zwei und Zwei immer gleich Vier sei, das Herz des Menschen seit langem wund gewesen sei. Er kannte nicht diese andere Mathematik in einem Sinne, wo aus bloßer Addition Subtraktion wird, und die Subtraktion unser selbst – Hingabe und Opfer – zu einer Multiplikation Vieler mit dem Ergebnis Eins. Ich selbst verstehe nicht viel von Zwei und Zwei, aber das weiß ich, daß aus Eins und Eins Drei werden kann, um in der Dimension der Liebe wieder Eins zu werden, und daß das Herz des Menschen darum minder wund sein wird.

Und weiter: konnte sie wissen, wie ich es wußte, daß von allen falschen Aussagen über die Liebe die falscheste die Behauptung ist, sie sei blind? Natürlich weiß man, wie gutgläubig dergleichen ausgesagt wird, doch die Liebe sieht nichtsdestoweniger über nichts hinweg. Das ist für mich das Entscheidende, denn ich glaube, daß ihre Augen weit offen und scharf sind, mit umfassendem und furchtlosem Blick, sie überschaut das ganze riesige Feld des Lebens von vor dem Anfang bis über das Ende hinaus. Hier verwendete ich wiederum zwei höchst provisorische und fragwürdige einschränkende Begriffe; sie sind nur allzu menschlich und sterblich, doch besitzen wir keine anderen, die dem uns zugewiesenen Teilstück der Sinndeutung zur Verfügung stehen. Für mich kann sie nichts weniger als blind sein. Die Liebe hat die klarste Sicht, ungetrübt durch die Unwissenheit des Augenblicks und unverwischt durch die Erfahrung früheren Versagens; sie bleibt scharf eingestellt mit der Gewißheit und Klarsicht einer vollständigen und präzisen Erkenntnis dessen, was kommen wird und sein muß. Wir kennen das Leben und sie nur stückweise, sie aber kennt beides vollkommen: uns, und was wir werden können und müssen. Sie ist nichts, wenn nicht eine rückhaltlose Verpflichtung zu unserer Höherentwicklung und der des Universums.

Ja, so klar ist ihr Blick und so sicher ihr Wissen um

das Ganze, daß sie jegliche Seite des Gegenstandes ihrer Liebe ins Auge fassen kann, gleichgültig ob groß oder unendlich klein, daß sie dessen mannigfaltige Unzulänglichkeiten und Unvollkommenheiten, ja selbst die Verleugnung ihrer selbst in jeder Entwicklungsphase des mißleiteten Seins deutlich wahrnehmen kann und doch am Ende dieser scharfen Prüfung sich weder desillusioniert, getäuscht oder enttäuscht noch abgestoßen zeigen wird; vielmehr wird ihre ganze Liebe zu allem, was versagt hat, nicht nur unversehrt sein, sondern sich nach Maßgabe ihres Mangels oder des Bedürfnisses nach ihr noch verstärken.

Das alles ist sie, weil sie, in der Sprache ihres einen, großen und niemals endenden Nu, sich in Geschichte, Zeit und Raum transzendiert. Die Zeit, wenn wir nur wieder gewahrwerden könnten, wie sie in unserem Blute singt, ist nicht bloß eine lineare Maßeinheit, sondern der Herzschlag der Liebe, der Rhythmus ihres Wachsens und Zunehmens im Leben, das Ausmaß ihres Fortschreitens und ihrer Geduld bei der Berichtigung von Irrtum und der Vergebung von Fehlern; und wenn jeder Irrtum berichtigt und jeder Fehler vergeben ist, wird die Zeit nicht mehr vonnöten sein, und die Zeit wird dahinschwinden und eine andere Dimension wird ihre Stelle einnehmen. Doch die Liebe wird bleiben.

Selbst der Himmel, der sich bis dahin erstreckt, wo der letzte schwache Schimmer eines neuentstehenden Andromedanebels Millionen Lichtjahre entfernt dampft und am Horizont der allerstärksten, in die große uns umhüllende Dunkelheit hinausspähenden Linse einen verwischten Flecken bildet, ist nur ein Zelt am Wegrand, das sich gegen ein größeres Mysterium abschirmt – das der Liebe, die über alles geht. Und der Raum, in dem das Zelt aufgerichtet ist, ist nur einer der zahllosen Rastplätze auf ihrem Weg zur Vollendung. Der Tag aber ist reine Liebe zur Dunkelheit, empfangen in einem Traum der Erlösung aus dem Gefängnis seiner selbst im Schlaf der Nacht, so daß sie nicht länger unfruchtbar und allein bleibt, sondern zu der Ruhe wird, zu der der Tag nach Vollendung seines Umlaufs zurückkehren kann, um durch einen neuen Traum von stärkerer Erhellung der Schwärze erfrischt zu werden. Es ist der unwahrscheinliche Frühling im störrischen Herzen des Winters.

Und doch – wie kann man all dies und noch weit mehr aussprechen, wenn heutzutage Millionen sie nur bedingt zu erfahren vermögen, vornehmlich in der Befriedigung ihrer physischen Sinne? Freilich darf man keinesfalls übersehen, daß selbst eine so geringe Ausübung ihrer Wirklichkeit ein Beweis mehr für ihre Wachsamkeit und Kraft ist, und daß sich niemand ihrem Dienst entziehen kann, auch wenn er derart unzureichend ist, daß ein jeder sich hinterher ahnungsvoll fragt, ob sie nicht am Ende doch weit mehr ist als nur ein Kuß vor einem Sonnenuntergang in Technicolor. Wie kann man vor dem Hintergrund der ungezügelt dem Triebe folgenden heutigen Wertsetzungen einsichtig machen, daß die Liebe unendlich heroisch, daß ihr Aufruf an ihre Untertanen völlig objektiv, daß sie ebenso streng wie zärtlich, ebenso fordernd wie gebend, ebenso nachgiebig wie stählern zum Kampf gehärtet und noch unendlich viel mehr ist in ein und demselben paradoxen Augenblick?

Wer ihrem Ruf folgt, steht Tag für Tag, sobald er sein Bett verläßt, im Kampf, nicht für das, was war oder ist, mag es noch so gut sein, sondern für das, was kommen muß. Weder Glücklich- noch Unglücklichsein sind mehr als Nebenprodukte ihres Fortschreitens durch das Leben. Sie ist etwas größeres als diese beiden, nämlich ein Sinn, dem, wenn man sie so liebt, wie sie das Leben liebt, und ihr so dient, wie sie dient, die größten Energien der Wandlung zu Gebote stehen, deren der Mensch, das Leben und sein Universum fähig sind. Sie sind so groß, daß sogar die Todesqual und das scheinbare Ende am Kreuz, erlitten von diesem einen Leben, das ganz und gar ihrem Dienst geweiht war, übertroffen werden von der Freude über den erfüllten Auftrag, der immer noch über jedes menschliche Begreifen geht: wer dessen innewird, steht vor einem Mysterium, das er zwar niemals in seiner ganzen Fülle erkennen und erfassen kann, das aber durch seine Nähe sein stückhaftes Leben mit einem erkannten und lebendigen Wunder umhüllt.

Leider bildete ich mir ein – was mir Schande und

Vorwurf ohne Ende sein wird –, ich hätte nicht die Zeit, ihr all dies darzulegen und auf ihre Reaktion darauf einzugehen. Ich kann mich nur damit trösten, daß das Mysterium der Liebe für mich – wie es das für Dante war – ein weibliches Mysterium ist, und daß sie daher seinen Sinn unmittelbar aus ihrem Wesen als Frau heraus verstanden haben würde, ohne den Umweg über die Welt der Begriffe, die von Männern zur Gewinnung einer Sinndeutung für so unumgänglich gehalten werden.

Daher bemerkte ich nur leise, und kam mir dabei unglaublich lahm und linkisch vor: „Der große Hunger ist natürlich der Hunger nach Liebe. Und ich bin jetzt sicher, daß der Sinn von Hans Taaiboschs scheinbar so nebensächlichem Auftreten in Ihrer Welt darin liegt, daß er auf seine unaufdringliche Weise die Wirklichkeit und Macht der Liebe bezeugt hat."

Ich weiß nicht, was sie erwartet hatte. Alles, was ich weiß ist, daß ich nicht umsonst mein Vertrauen auf den weiblichen Wesensgrund in ihr gesetzt hatte, was mir nicht überraschend zu sein brauchte, da ich ja gesehen hatte, wie er sich bereits bewährt hatte. Es hätte keiner Erinnerung daran bedurft, wie unerfahren, allein, schlecht gerüstet und ohne Vorwarnung, dies Element in sich bereitzuhaben, sie gewesen war, als Hans Taaibosch fordernd in ihr Leben trat wie eine Metapher und Allegorie in der Form einer physischen Gestalt und eines Geistes, die beide so außerhalb des gewohnten

Rahmens lagen und so absonderlich waren, daß dies ihn eigentlich fast automatisch aus ihrem Blickfeld hätte ausschließen müssen. Nichtsdestoweniger hatte sie die Verkleidung und das Trügerische in seiner Erscheinung sofort durchschaut und einem grausam ausgesetzten und schutzlosen Waisenkind des Lebens geradenwegs ins Herz geblickt, und allein dies hatte genügt, daß sie sich über alle Wertmaßstäbe und Konventionen ihrer etablierten Umwelt hinwegsetzte und sich ihm instinktiv mit eben dieser Liebe zuwandte und ihn unter ihre Obhut nahm.

So kam es, daß sie dem eben von mir Gesagten unmittelbar und rückhaltlos und von ganzem Herzen zustimmte. Ich sah in ihrem Gesicht und ihren Augen das Verständnis so rasch aufscheinen, daß sie einem Menschen glich, der bei einem schweren Gewitter im Dunkeln seinen Weg sucht, und dem plötzlich ein blendender Blitzstrahl eine vor ihm ausgebreitete unendliche Landschaft erhellt – auf der Stelle erkennt er seinen verlorenen Pfad wieder, der wie ein goldener Faden eingewebt in die phosphoreszierende Erde zu seinen Füßen liegt. Ja, sie saß und schaute mich wortlos an, ohne mich zu sehen, als sei sie noch nicht soweit, weiterzugehen; dabei wirkte sie so rührend jung, verletzlich und gefährdet wie kaum zuvor, als sei ihr gar nicht bewußt, welchen Mut sie in ihrem Kampf um dies unwahrscheinliche Geschöpf Hans Taaibosch bewiesen hatte, und als ahne sie noch gar nicht, was für ein Botschafter des Reiches der Liebe sie in der fernabgelegenen Welt seines Geistes gewesen war.

Wäre ich die hierher passende Gestalt aus einer meiner Lieblingsgeschichten von Dostojewski gewesen, ich wäre, glaube ich, aufgestanden und vor ihr niedergekniet, und wenn sie dann, wie sie es zweifellos getan hätte, zurückgewichen wäre und protestiert hätte, so wäre meine Antwort gewesen: ‚Ich neige mich nicht vor Ihnen allein, sondern vor aller Liebe zum Leben in Raum und Zeit und im sich ausdehnenden Universum, die in Ihnen und dem, was Sie für Hans Taaibosch gefühlt und getan haben, sichtbar geworden ist.'

Ja, ich muß wohl einen solchen von altersher kommenden Impuls verspürt haben, ist doch der Impuls und die Form, in der er sich ausdrückt, in einem Artikel des uralten Gesetzes alles Lebens niedergelegt, gegen den es keine Berufung gibt. Wenn es auch in der Natur des Männlichen liegt, Willen und Rüstung zu besitzen, muß gleichwohl noch das Weibliche hinzutreten, um jene Liebe zum Ganzen zu erwecken, die im Zeichen einer Lebenshaltung steht, die einst als ‚ritterlich' galt, so daß bei einem Anlaß wie diesem, wo die Elemente des Männlichen und Weiblichen zusammentreffen, die Phantasie unmittelbar die Wandlung erfährt, die man früher mit ‚chevaleresk' bezeichnet hat. Es kann daher nicht überraschen, daß mir gerade in diesem Augenblick eine altertümliche Geste als Ausdruck meiner Achtung angebracht schien. Aber kaum war der Gedanke aufgetaucht, als ich ihn auch schon verwarf, denn ich fürchtete, daß diese Geste jemandem, der nicht die gleichen Assoziationen damit verband, allzu theatralisch vorkommen mußte.

Gleich darauf empfand ich, klarer noch, den Impuls, vom Sessel aufzustehen und ihr einfach mit einer Umarmung zu danken. Doch verzichtete ich auf diese Geste ebenso rasch wie auf die erste: war nicht das erhabenste Beispiel für die Art des Lebens, an das ich dachte, durch einen Kuß verraten worden? So nahm ich ihre Rechte in die meine und führte sie nur kurz an die Lippen, ehe ich sagte: „Ja, der große Hunger, den er für Sie getanzt hat, war der Hunger des Lebens nach Liebe; ich kann es nicht mit Worten ausdrücken, ich kann Ihnen mit diesem Zeichen nur ganz unzulänglich im Namen des Lebens danken für alles, was Sie an Hans Taaibosch getan haben, dessen Anteil an dem großen Hunger und dessen Mangel an jeglicher Nahrung für diesen Hunger fast unerträglich gewesen sein müssen."

Selbst dies – so wenig im Vergleich zu dem, was ich ihr schuldig zu sein glaubte – machte sie scheu und so verlegen, daß sie kaum die Worte hervorbringen konnte: „Natürlich habe ich Hans liebgehabt, aber so wichtig war das gewiß nicht; jedenfalls nicht wichtig genug, daß Sie mir danken müßten, als sei es etwas Großes und Ungewöhnliches. Der Anwalt und seine Familie, die ihm Obdach gegeben haben und alle die einfachen gewöhnlichen Zirkusleute hatten ihn genauso lieb. Ich war nur eine von vielen, nicht wahr ..."

„Gewiß, auch deren Rolle würdige ich und bin auch ihnen dankbar." Ich versuchte, ganz nüchtern zu antworten, doch tauchte ich alsbald wieder zurück in den in mir heraufbeschworenen Strom innerer Bewegung. „Es ist mir nicht möglich, in wenigen Worten zu sagen, was ich empfinde, wenn eine so große Anzahl sogenannter gewöhnlicher Menschen in Ihrem Lande sich so ungewöhnlich in ihrem Gehorsam gegenüber einem solch unwahrscheinlichen Aufruf an ihre Liebe erwiesen haben. Was sie getan haben, wird mich immer mit Dankbarkeit und neuer Hoffnung für das Leben des Menschen an sie denken lassen. Für mich sind alle diese Menschen Vorboten der Liebe, von der ich gesprochen habe, Sie aber sind ihr Botschafter. Ich sage das, weil nur Sie, nachdem Hans Taaibosch gegangen war, es der Mühe wert befunden haben, weiter nach dem tieferen Sinn seiner seltsamen Erscheinung, seines Lebens und seiner Geistes- und Gemütsverfassung zu forschen, und versucht haben, den Folgen seines Todes in einem fremden Land auf den Grund zu kommen. Damit haben Sie die Aufgaben eines Botschafters wahrgenommen bis zu solch einem winzigen Detail sogar, daß Sie versucht haben, herauszufinden, wer seine nächsten Verwandten waren – in gewissem Sinne bin ich ja einer davon –, damit Sie Ihre Nachrichten und Ermittlungen an sie weitergeben und sicherstellen können, daß die eigentliche Bedeutung seines Kommens und Gehens entsprechend seiner eigenen heimischen Maßstäbe gewürdigt wird. Hilft Ihnen das, zu sehen, was ich meine?"

„Doch, in gewisser Weise schon", antwortete sie, und es rührte mich. Ich sage: es rührte mich, denn ich hatte eben bei mir gedacht: je weniger der Rede wert jemandem der Gehorsam gegenüber der Liebe erscheint, desto größer und außerordentlicher ist ihr Anteil in seinem Herzen. Ja, wie wenig sie sich bewußt war, etwas besonders Bemerkenswertes getan zu haben, kam deutlich zutage, als sie nach kurzem Zögern hinzufügte:

„Aber ich verstehe noch immer nicht, warum Sie sagen, daß Sie mir im Namen des Lebens danken. Das ist doch eine reichlich hochtrabende Bezeichnung für das, was ich getan habe."

„Nein, ganz und gar nicht", erwiderte ich mit Entschiedenheit. „Die Geschichte von Hans Taaibosch, und wie es zu Ihrer Begegnung mit ihm gekommen ist und welchen Anteil Sie an alledem gehabt haben, ist eines der wichtigsten Geschehnisse in meinem doch schon recht langen und nicht ereignislosen Leben. Ich weiß, es ist spät, und Sie sind müde, aber ich hoffe, Sie erlauben mir noch, Ihnen zu sagen, warum, denn hier laufen die Fäden zusammen."

Im stillen dachte ich: ‚Zum Teufel mit der Zeit und allen Uhren, die sich einbilden, sie wüßten, worum es geht.' Und ich fuhr fort, ihr mit aller mir zu Gebote stehenden Genauigkeit und Ausführlichkeit auseinanderzusetzen, woran ich dachte. Zunächst beantwortete ich ihre Frage auf der ersten Ebene – man muß sie, wenn sie halbwegs angemessen beantwortet werden soll, auf mehreren, allermindestens drei, Ebenen betrachten. Ich bat sie, zu bedenken, mit welcher Begründung die Menschen, die die Buschmänner und verwandte Rassen wie die Ureinwohner Australiens, die Indianer in ihrem Amerika, und zahllose andere Völker vernichtet haben, diese Vernichtung rechtfertigen. „Man kann diese Begründung in dem einen Satz zusammenfassen, der uns beide so zum Widerspruch gereizt hat: ‚Sie wollen sich nicht zähmen lassen.' Können Sie gelten lassen, daß es aussieht, als ob die höchste aller Sinngebungen im Leben, deren frühester Bevollmächtigter die Mantis ist, entschieden hat, daß das Leben genug, und schon viel zu lange unter dieser Geschichtsklitterung gelitten hat, und daß sie entschlossen ist, dieser betrügerischen Aussage die Stirn zu bieten und sie als die Lüge zu entlarven, die sie ist? Mehr noch, es sieht aus, als habe sie das mit voller Absicht in so extremer Form getan, bei der alle Vorteile auf seiten der Verbreiter der Lüge und alle Nachteile auf seiten des von ihr gewählten Streiters liegen, damit niemand den Ausgang in Frage stellen kann, wenn dieser Streiter gewinnt?

Was ist davon zu halten, wie dieser Hans Taaibosch, in dem ich nunmehr einen für eben diesen Zweck Auserwählten erblicke, zuerst sogar seiner kümmerlichen prähistorischen Ausrüstung beraubt wurde, die er besessen hatte, ehe er zur Aufnahme dieses Kampfes bestimmt wurde? Da wird er zuerst aus dem Verband seines Volkes gerissen, in Geist und Sein entwurzelt und nach langer Lehrzeit im Exil unter fremden Gesellschaften, die ihm nach seinen Begriffen in Handeln und Lebensweise feindselig gegenüberstehen, ununterbrochen der niederschmetternden Wucht der Verunglimpfung, Aushungerung und Erosion seines natürlichen Geistes hilflos und verlassen ausgesetzt und schließlich in den hochgehenden Strom des Lebens in der City von New York geworfen. Und wenn Sie mir sagen können, ob es irgendwo auf der Welt einen Ort gibt, an dem sich das Leben noch extremer und überwältigender als Gegenteil dessen darstellt, in das Hans Taaibosch hineingeboren wurde, dann möchte ich das gern von Ihnen hören."

Sie schüttelte den Kopf und murmelte etwas, das darauf hinauslief, daß sie die Dinge so noch nicht angesehen habe, sie jetzt aber so sehe, und es entrang sich ihr der Ausruf: „Armer Hans! Armer, armer, lieber kleiner Mann!"

„Ja, armer Hans, aber auch welch ein Hans im Glück, welch ein gesegneter Hans!" fügte ich hinzu, „denn er ist aus dieser Heimsuchung, so schlimm sie war, klar als Sieger hervorgegangen. Das werden Sie doch jetzt sehen und auch wissen, warum?"

Zögernd räumte sie lediglich ein, daß sie dunkel zu ahnen beginne, worauf es hindeuten könne – warum aber, das wisse sie nicht.

„Er hat damit – so, daß es kein Mensch jemals wieder bezweifeln kann – bewiesen, daß es im menschlichen Geist keinen Bruch gibt, der so tief wäre, daß er nicht überbrückt werden kann, wenn er sich der Liebe öffnet." Ich versuchte, sie dahin zu bringen, dies zuzugeben. „Er hat sich, wie Sie hierzulande sagen würden, von der Steinzeit bis in unsere Tage hochgearbeitet, ohne Einbuße an Würde und geistiger Integrität, denn zum ersten Male in seinem Leben, nein, im Leben eines jeden Angehörigen seiner Rasse, hat er Liebe erfahren. Liebe war von jeher alles, was ihm und seinem Volk nottat und nottut, damit sie jede Bedrohung zu überwinden vermögen, von der sie in ihrem prähistorischen Steinzeitzustand überkommen werden können."

Sie schien mir immer noch nicht überzeugt zu sein, daß dieser Liebe, die sie und ihre Freunde Hans Taaibosch so spontan entgegengebracht hatten, der Sieg in diesem ungleichen Kampf zu verdanken war. So sprach ich weiter von meinem Glauben, oder vielmehr von meiner völligen Gewißheit – denn sie beruhte auf meiner Erfahrung und Beobachtung des Lebens –, daß es keine Bedrohung gibt, sei ihr Ansturm noch so heftig, blindwütig oder sintfluthaft, die ein Geist im Vollbesitz der Liebe nicht überwinden kann.

Und damit gelangte unser Gespräch auf die zweite mir wesentlich erscheinende Ebene. Ich sagte, Hans Taaibosch habe dadurch, daß er dieser tiefeingewurzelten historischen Lüge den Garaus gemacht habe, eine andere große Fälschung unserer Zeit entlarvt; bleibe sie unkorrigiert, werde sie für uns ebenso verheerende Folgen haben, wie sie sie schon für so viele andere untergegangene Kulturen gehabt habe. „Es ist", sagte ich, „die gängige Behauptung, daß der Mensch ein allein von seiner Umwelt bestimmtes Wesen sei. Was er aus sich macht, welcherart die Qualität seines Lebens, das soll einzig und allein – und das gilt als unumstößliche Wahrheit – auf seiner Umwelt und den Mechanismen seiner Gesellschaftssysteme beruhen. Man könne den Menschen nur dann zum Besseren verändern, so lautet das Argument, das man heutzutage immer häufiger zu hören bekommt, wenn man seine Umwelt und seine Systeme verändere. Das Leben von Hans Taaibosch hat das als die Lüge entlarvt, die es ist, das sehen Sie doch, nicht wahr?

„Kein von den Verfechtern dieser unhaltbaren Doktrin geprüfter und getesteter Mensch kann eine so ungünstige Umwelt, einen so hoffnungslosen Start gehabt haben wie Hans Taaibosch. An sich wäre ich schon geneigt, das Leben in der Wüste, dieser letzten Zuflucht für Hans Taaiboschs Volk, für eine gar nicht so schlechte ‚Grundschule' oder gar eine ‚Gesamtschule' im Hinblick auf den breitesten Plan des Lebens zu halten, doch für die unmittelbaren taktischen Überlegungen im Sinne der Urheber dieser Lüge hätten seine Anfänge gar nicht trostloser sein können. So mußte er in seinem Leben auch dieser Herausforderung in ihrer extremsten Form standhalten, und auch hier ist er als Sieger hervorgegangen. Vorausgesetzt, daß es die Liebe gibt und Liebe erfahren wird, haben Umwelt und Systeme verhältnismäßig wenig zu bedeuten, das lehrt uns der Ausgang dieses Kampfes; auch die schlimmste Umwelt und die unzulänglichsten Systeme können das Wohl des Menschen fördern, wenn sie von Liebe getragen, mit Liebe angewendet werden.

„Und dann wiederum gibt es diese absonderliche Vendetta der Historie: ausgefochten in unserer Zeit und von einer Lebensgeneration, die nichts getan hat, was sie hätte hervorrufen oder provozieren können, diese Vendetta der Klassen-, Rassen-, Kultur- und sonstigen Konflikte, die aus unserer heutigen Szene einen solchen Trümmerhaufen machen. Das wird entschuldigt und wegerklärt, denn man verlangt von uns, daß wir in ihnen die natürliche Folge des Unrechtes sehen, das eine Klasse, Kaste, Rasse oder Menschengruppe in der Vergangenheit einer anderen zugefügt hat. Wer hätte eine längere Vergangenheit, in der ihnen unablässig so großes Unrecht angetan worden ist, aufzuweisen als Hans Taaibosch und sein Volk? Wäre die Behauptung zutreffend, dann hätte er bis zum Rand und bis zum Überlaufen vom Geist des Hasses und der Rache erfüllt sein müssen. Doch im Gegenteil: nachdem er einmal die Liebe erfahren hatte, gab es in ihm keinen Raum mehr für vergangenen oder gegenwärtigen Haß, vielmehr wuchs noch seine Neigung zu Warmherzigkeit und immer noch mehr Liebe. Das ist der Beweis, daß Liebe die einzige Quelle eines Geistes ist, der sich weder durch weltliche Macht noch durch Leiden verderben läßt. Sehen Sie – das Leben war wie ein Gefangener, der mit Ketten an andere Sträflinge gefesselt ist, mit Kettent der bloßen Aktion und Reaktion auf das ihm Angetane, weil die eine Macht, die gegen diese beiden großen Kräfte des Verderbens in der Geschichte gefeit ist, ihm verweigert wurde. Wenn sich das Leben aus diesem Prozeß, der so etwas wie eine unaufhörlich gegen sich selbst gerichtete korsische Blutrache ist, jemals lösen kann, dann nur durch die Hingabe an einen Geist, der immun ist gegen diese Erosion, sei sie nun vom Leiden hervorgerufen, oder von der Korruption durch die Macht über andere. Die Liebe, das weiß ich, ist eine solche Kraft, und in Hans Taaiboschs Leben unter Ihnen ist ihre Wahrheit instinktiv manifest geworden."

Mit Nachdruck fuhr ich fort: „Hans Taaiboschs Geschichte besagt, wie kein anderes mir bekanntgewordenes Einzelleben, daß der Mensch der Zivilisation die Geschichte einseitig und wahrheitswidrig auslegt, um seine Ängste und sein Ausweichen vor der Liebe zu rechtfertigen. Schmählich verkriecht er sich hinter ihr, wie ein verängstigtes Kind, das etwas angestellt hat, hinter dem Rock seiner stattlichen Mutter, er scheut sich, hervorzukommen ins Freie und er selbst zu sein. Infolgedessen ist er von Neid und Haß erfüllt gegen alle, die schon draußen im Leben und allein auf eigenen Füßen stehen im Kampf für die Liebe. Das ist für mich der bedrohlichste Aspekt unserer Zeit: ihre Blindheit dagegen, daß unser Gestern uns gegenüber versagt hat, weniger seiner unzulänglichen Hinterlassenschaft, seiner untauglichen Systeme und seiner Mängel wegen, sondern weil es sich der Liebe verweigert hat.

„Diese Verweigerung hat ein solches Maß erreicht, daß eine immer größere Zahl von Menschen, ja ganze Gesellschaften und Völker nicht nur nicht imstande sind, in sich selbst der Liebe zu begegnen, sondern sie nicht einmal dann erkennen können, wenn sie ihnen von anderen geboten wird; sie sehen in der Welt um sich herum nichts als das Zeugnis des Hasses und Neides, von denen sie selber getrieben werden. Doch ist das eine Verweigerung, die man nicht der Natur zur Last legen kann. Vielmehr liegt ihre Ursache in der Entfremdung der Menschen von ihrem natürlichen Selbst und dem, was an natürlichem Leben um sie herum noch vorhanden ist; was aber könnte dem natürlichen Menschen und der ursprünglichen Natur näher sein als Hans Taaibosch?

„Wenn Sie daran denken, wie er ohne bewußte Bemühung oder Anleitung offen für die Erfahrung der Liebe und fähig war, seinen Geist ihrer Hand rückhaltlos anzuvertrauen, so werden Sie erkennen, wie unwahr und verfehlt der lieblose, ungeliebte, unliebende Geist unserer Tage ist und wie tief noch immer die

Furcht vor der Liebe in den Menschen sitzt. Können Sie jetzt begreifen, daß dieses Musterbild der Liebe angeboren ist und den Geist des natürlichen Menschen seit seinen Anfängen geleitet hat und daß es keineswegs ein nachträglicher Einfall der Zivilisation oder der Religion ist, sondern daß es in all seiner Fülle und ohne Furcht seit dem frühesten Beginn des Lebens auf der Erde dagewesen ist?"

Sie beteuerte, sie sei mit allem durchaus einverstanden, nur falle es ihr schwer, zu begreifen, daß Menschen vor der Liebe Furcht empfinden könnten. Eigentlich müßten doch alle sie von Natur aus willkommen heißen.

„Der Schlüssel zur Antwort", entgegnete ich, „liegt in Ihrer instinktiven Verwendung der Worte ‚von Natur aus'. Der Mensch ist der Natur und seinem natürlichen Selbst viel zu sehr entfremdet, als daß er auf die meisten Gegebenheiten noch ‚von Natur aus' reagieren könnte, am allerwenigsten auf die Liebe. Wohl ist er bereit, den Teil der Liebe zu bejahen, der ihm behagt. Er ist nur allzusehr darauf erpicht, sie auszunutzen, aber er empfindet tiefe Furcht vor dem, was sie als Gegengabe von ihm verlangt. Das ist eine der unergründlichen und größten Ängste, nicht nur unserer Zeit, sondern der Geschichte überhaupt – daher die Kreuzigung und die Tatsache, daß das treffendste Symbol ihrer Bedeutung noch immer das Kreuz ist, und sei es nur das Kreuz, das ein Kind anstelle eines Kusses unter den ersten mühsamen Brief aus dem Internat nach Hause setzt, weil es nicht imstande ist, brieflich einen unausdrückbaren Anteil an dem großen Hunger auszudrükken, den Hans Taaibosch Ihnen vorgetanzt hat."

Ich erinnerte sie daran, daß wir schon über diese Zweiheit gesprochen hatten, die zu jeglicher Erfahrung des lebendigen Mysteriums gehört, von dem unsere persönliche Sinndeutung herkommt – diesen Mechanismus von „Ich" und „Du", diese Notwendigkeit eines Spiegels und einer Widerspiegelung, deren wir zur Erkenntnis unseres suchenden Selbst bedürfen. „Ich glaube, dieses Gesetz hat noch mehr Gültigkeit für die Liebe; denn was uns die Liebe gibt, müssen wir widerspiegeln, um so das Empfangene in gleichem Maße zurückzugeben, wenn sie nicht verkümmern und uns schließlich ganz entzogen werden soll. Zwischen ihr und uns ist ein Nehmen und Geben, Geben und Nehmen, das niemals aufhören darf. Doch ach, wir neigen dazu, lieber nur zum Teil zu nehmen und zum Teil zu geben, aber Spiel und Gegenspiel vollenden sich nur, wenn in vollem Maße genommen und gegeben wird. Es ist unsere Furcht vor dem Wiedergeben, vor der Wandlung des Herzens und der Lebensführung und der völligen Umkehrung der Rangfolge der Werte und auch die Furcht vor der Selbstzucht und dem Gehorsam, die das volle Zurückgeben von uns verlangt, was uns erschreckt und letztlich die Ursache dafür ist, daß unsere Fähigkeit, die Liebe zu erfahren, schwindet.

„Nur allzu genau trifft es den Kern, scheint mir, daß es gerade ein Römer gewesen ist, der die Meinung geäußert hat, daß ‚nach vollzogenem Liebesakt' – wie er es wohl ausgedrückt hätte – der Mensch traurig sei. Wieso traurig, und wieso nicht demütig und überwältigt und erfüllt von dem Gefühl, des eben empfangenen Vorzuges nicht würdig zu sein? Ich glaube, es kommt daher, daß solch ein erstarrtes Römerherz in seinem Lebensbereich weltlicher Macht, deren Gefangener er ist, überhaupt nicht anders kann, als in dieser kurzlebigen Vereinigung männlichen und weiblichen Fleisches und Blutes bei aller Nähe und Leidenschaft nur die Erreichung eines sterblichen Zieles zu erblicken und nicht den Beginn und die Berufung zu einer langen, höchste Ansprüche stellenden Lehrzeit für die Sache und im Dienste einer Liebe, die sein eigenes Leben und das seiner Zeit so verwandeln könnte, daß es nicht mehr wiederzuerkennen wäre, indem sie das Leben wieder in das Fortschreiten des Universums zur Wirklichkeit einer Sinngebung ohne Ende zurückführt. Wenn Sie daran denken, in welch römischer Lebensstunde auch wir eingeschlossen sind – hilft Ihnen das?" fragte ich, meinerseits begierig auf ihre Antwort.

Langsam senkte sie den Kopf auf ihre gefalteten Hände; sie zitterten und sie preßte sie so fest zusammen, daß ich die Haut an den Knöcheln weißwerden sah trotz des Lichtschimmers, der sie wie eine Hülle aus Seide oder Gold umgab.

Da sie nichts sagte, konnte ich in dieser Geste nur eine positive Antwort erblicken, und ich fühlte mich erhoben und ermutigt. Ich sage ausdrücklich ‚ermutigt', denn ich wußte, wie gänzlich unrealistisch, überidealistisch, ja lachhaft alles, was ich ihr gesagt hatte, einer Welt vorkommen muß, die Realismus als ihr Monopol betrachtet. Ich finde freilich, daß es gerade die Unrealität des sogenannten Realismus unserer Zeit ist, die dem Leben den Tod bringt, ignoriert er doch völlig die Geltung des Gesetzes der von uns Liebe genannten höchsten aller Realitäten. Doch weil dies ein wesentliches Element dessen war, was wir zu erwarten hatten, sobald wir die Freistatt dieses Zimmers verließen und jeder von uns seiner Wege gehen werde, hielt ich es für angebracht, sie vor Lächerlichkeit und Ausgelachtwerden zu warnen.

Zu meinem Erstaunen gab sie zur Antwort, sie sei bereits vorgewarnt und gewappnet – durch Hans Taaibosch. Sie sagte, anfangs habe sie überhaupt nicht mehr in den Zirkus gehen wollen, weil sie sich von der Art, wie die Leute über ihn lachten, so abgestoßen fühlte. Ausführlich schilderte sie, wie in dem Augenblick, wo er in der Manege erschien und die Scheinwerfer sein absonderlich herausragendes Hinterteil, seinen runden vorgewölbten Bauch und darüber sein archaisches kleines Gesicht und das seltsame Pfefferkornhaar anstrahlten, das Publikum zu lachen anfing, und wie unerträglich ihr dieses Lachen war. Sie mußte dabei an eine Volksmenge im Mittelalter denken, für die – nach dem, was sie darüber gelesen hatte – Bucklige, Zwerge und andere abnorme Spielarten der menschlichen Gestalt eine Quelle unerschöpflichen Amüsements und höhnischen Gelächters waren; je größer die Abnormität, desto größer das Vergnügen. Und sie konnte es einfach nicht ertragen. Sie lief empört hinaus, wenn sich das Gelächter immer mehr steigerte, sobald Hans Taaibosch anfing, seine Possen zu treiben und zu tanzen. Sie fand das Lachen über die mit ihm auftretenden Clowns schon schlimm genug, doch trugen diese immerhin die Uniform des Lachens und waren zu seinem Dienst angeworbene Soldaten und daher darauf vorbereitet.

Hans Taaibosch hingegen wirkte dem Gelächter so nackt und unfair preisgegeben. Dennoch war er, wenn sie ihn hinterher sah, keineswegs außer Fassung oder deprimiert, im Gegenteil, je mehr man über ihn gelacht hatte, desto größer seine Freude, als sei ihm das Ausgelachtwerden eine Berufung und als hätte er seine persönliche Bestimmung verfehlt, wenn er nicht einen solch unbändigen Heiterkeitserfolg gehabt hätte. Ja, sie fand es wahrhaft erstaunlich, wie er an Würde zu gewinnen schien, wie groß dieser so kleine Mann in ihren Augen wurde einfach dadurch, daß er es als seine Berufung auf sich nahm, vor anderen den Narren zu spielen. Es war wohl das Tapferste, was ihr je vorgekommen war, und so fand sie am Ende doch den Mut und scheute nicht mehr davor zurück, ihm in dem Rund aus Sägespänen zuzuschauen, wenn er es wünschte. Lag darin nicht eine Lehre für uns?

Ich nickte, erfüllt von spontaner und fast überwältigender Dankbarkeit für diese Mahnung, daß auch die Liebe zuerst als Torheit erscheinen und daß ihre scheinbare Torheit zu einer der Wurzeln der unheilvollen Furcht vor ihr werden muß, von der ich gesprochen hatte; aber es ist eine gottgegebene, göttlich inspirierte Torheit, denn das Wachstum von Liebe und Leben hängt auch von unserer Fähigkeit ab, uns von ihrem noch unerprobten und unbewiesenen tieferen Sinn zum Narren machen zu lassen. Das ist vermutlich der Grund, warum der heilige Paulus so sehr darauf beharrt, daß die Liebe nicht eifert, sich nicht bläht und sich nicht ungebärdig stellt. Mir fiel ein, und ich sagte es ihr, wie auch hierin der Beweis liege, daß Hans Taaibosch unbestreitbar ein Kind der Mantis gewesen ist, denn die Mantis hat in Mythos, Legende und Erzählung ein unendliches Talent zur Narrheit und dazu, sich zum Narren machen zu lassen – von sich selbst ebenso wie von anderen – womit wir uns in dieser ersten Dimension der Liebe in der besten Gesellschaft befinden: die Liebe tritt hier in dem Kostüm des Narren oder Simpels auf.

Und nach dem, was für sie als Kind mit dem Lachen Hans Taaiboschs begonnen und was mit der Erinnerung an ein Lachen unter Tränen geendet hatte, gelangten wir, wie ich irrtümlich annahm, zu der letzten Ebene unserer Überprüfung des tieferen Sinnes von Hans Taaiboschs Gastrolle unter ihnen. Ich konnte sie frei heraus fragen, ob sie sich je Gedanken darüber gemacht habe, wie es möglich war, daß Hans Taaibosch bei ihr eine so reine und beständige Liebe hervorrufen konnte. Woher kam es, wie sie selber in Pendle Hill und anderwärts gesehen hatte, daß Menschen ohne jede Erfahrung, ohne jedes Vorwissen oder auch nur die indirektesten Assoziationen mit ihm, seinem Volk und dessen Geschichte sich ihm dennoch so nah verbunden gefühlt hatten?

„Ich kann nicht für andere sprechen, nur für mich selber", antwortete sie ohne Zögern und mit ungewohnter Entschiedenheit. „Es ist ganz einfach. Ich habe ihn eben um seiner selbst willen geliebt."

Natürlich glaubte ich ihr das aufs Wort. Dennoch mußte ich die Frage stellen, ob sie nicht jenes ambivalente Prinzip des Lebens außer acht gelassen hätte, über das wir soviel gesprochen hatten – diese Dimension, in der wir beides sind: wir selber und ein anderer, Freund und Fremder, Bruder und Feind, ‚Ich' und ‚Du', oder vielleicht besser noch in der kühleren Sprache der Physik ‚Spiegel und Widerspiegelung' – dies paradoxe Gefüge allen Seins und aller Dinge, das so tief ins Innere auch der trägsten Substanzen reicht, an die letzten Horizonte, wo ihre unendlich kleinen Teilchen visuell nicht mehr erkennbar sind, sondern sich nur noch durch die Wirkung ihres Verhaltens auf die nukleare Konstellation ihrer Materie manifestieren; die Sonne des winzigen Beitrages dieser Teilchen zu unserer physikalischen Realität sinkt hinab in die Nacht, still, widerspiegelnd und widergespiegelt. Hans Taaibosch ist daher für uns alle nicht allein er selbst, sondern auch ein Spiegel, der auch uns widerspiegelt. Für unsere Liebe und leidenschaftliche Teilhabe an seinem Geschick und dem seines Volkes gibt es eine subjektive Ursache: es gibt einen Hans Taaibosch in jedem von uns. Auch wir haben ein grausam ausgeraubtes, gefährdetes natürliches Selbst. An ihm und seinem so gut wie ausgerotteten Volk können wir erkennen, wie spät es an der Zeit und wie dringend nötig es ist, einem natürlichen individuellen Selbst Beistand zu leisten und ihm über den großen Bruch hinwegzuhelfen, den wir so abgrundtief im Geist des Menschen haben klaffen sehen, und dieses Selbst zu versöhnen mit uns anderen, die dies Selbst – einerlei, wie stichhaltig die dafür vorgebrachten Gründe zu sein scheinen – so unbarmherzig unterdrückt haben.

„Für mich ist das die allerdringlichste, die wahrhaft realistische Aufgabe, die dem heutigen Menschen gestellt ist. Wenn diese Versöhnung nicht von Grund auf mit der gleichen Ehrerbietung und Achtung vor diesen beiden großen Gegensätzen im Menschen bewirkt wird, dann wird das menschliche Leben weiter als je auseinandergerissen werden zwischen den zwei einseitigen und sich selbst aufhebenden Ausdrucksformen seiner selbst. Die Hauptlast hat, für mich, das Individuum zu tragen, denn das ist der einzige Weg, glaube ich, auf dem eine jede echte Wandlung im Leben beginnt. Diese Liebe, dieser unwahrscheinliche Ruf nach einem heilen Leben, muß zuerst in Einsamkeit und Abgeschiedenheit von einem einzelnen Herzen vernommen und in dem kleinen Kreislauf eines Einzeldaseins durchlebt werden, wie ohnmächtig und absurd es sich dabei auch vorkommen mag, ehe sich der große und überhebliche Kollektivgeist bewegen läßt, es ihm nachzutun. Jede große Wandlung in der Geschichte hat auf diese Weise ihren Anfang genommen; ein Herz wendet sich rückhaltlos der Ganzheit zu, und wenn es soweit ist, folgt ihm die Bewegung von Leben und Universum nach. Genau wie die Physik in der kleinsten Einheit der Materie die Hauptquelle der Energie entdeckt hat, im Atom, wohnt der kleinsten Einheit der Menschheit, dem Atom ‚Individuum', die größte Kraft der Wandlung in der menschlichen Gesellschaft ‚nuklear' inne – in seiner Spaltung in den Jakob und den Esau in ihm, doch zusammengehalten in Liebe.

„Das Symbol und die Sinnbilder, in denen uns dieses höhere Selbst begleitet, sind stets mehr, als irgendein Dogma, eine Theorie oder eine bildliche Vorstellung ausdrücken können. Die Antworten, nach denen es sucht, müssen gelebt sein, ehe sie erkannt werden können. Damit ist die Zeit der Mahnpredigten, der Dogmen und der haarspalterischen Worte vorüber; es ist die Zeit gekommen, in der einzig ein echtes Beispiel der Liebe, rückhaltlos wiedererfahren und durchlebt in einem individuellen Lebensumlauf, das kollektive Leben unserer Zeit aufzuschließen vermag für das Wiedereintreten der Liebe und die Unterwerfung unter die höchste Norm der Schöpfung. Denn Schöpfung ist Wachstum – langsames, geduldiges, zähes, niemals endendes Wachstum. Es gibt keine Abkürzungswege. Die Vorstellung, es gebe verstandesmäßige willentliche Abkürzungswege zu einer echten Wandlung zum Besseren, ist eine der Ursachen für die Barbarei und Gewalttätigkeit, die in wachsendem Maße den Geist unserer Zeit beherrschen. Der längste Umweg ist der kürzeste Weg zur schöpferischen Wandlung und eine solche Wandlung nur möglich im Einklang mit dem Gesetz der Zeit, das ich bereits auch als die Geduld der Liebe definiert habe. Ich würde sogar so weit gehen und sagen, daß die Zukunft des menschlichen Daseins von dem Maße abhängt, in dem solche individuellen Beispiele dargelebt, sichtbar gemacht werden und sich mehren können.

„Das ist der Grund, weshalb ein individuelles Beispiel der Liebe, vor zweitausend Jahren am Kreuz vollendet, uns noch immer nicht losläßt trotz aller Ausflüchte und all unserer zum Beweis seiner Nichtigkeit vorgebrachten, trefflichen Gründe, und es wird uns auch künftig nicht loslassen, bis auch wir, die den nachfolgenden Bataillonen als einzelne Kundschafter vorausgehen, eine ebenso vollkommene Liebe wiederentdecken. Im tiefsten Sinne steht dieses gekreuzigte Beispiel für ein Leben, dessen Vollendung nicht in der fernen Vergangenheit liegt, sondern uns noch weit voraus in der Zukunft, denn wir haben es noch nicht eingeholt. Es ist im Grunde weit eher eine futuristische als eine historische Wirklichkeit. Wie tragisch, doch wie wahr, daß es nur einen modernen Menschen gegeben hat – und ihn hat man vor zweitausend Jahren umgebracht um jener Liebe willen, die ihn auf ewig gegenwärtig macht. Doch um diesen großen Allgemeinbegriff in alledem, was in diesem Zimmer in der Person von Hans Taaibosch zwischen uns wiedererstanden ist, zu spezifizieren: er hat, so scheint mir, durch diese Metamorphose seines steinzeitlichen Selbst auf seine bescheidene Weise ein durch kein Kreuzverhör zu erschütterndes Zeugnis abgelegt für die Kraft der Liebe.

„Darum lassen Sie uns vor allem an eines denken: Genau so wie Sie dadurch, daß Sie ihn porträtiert und so an ihm die lebensnotwendige Tat der Anerkennung geleistet haben, deren er bedurfte, damit er seine angeborene Lebenswürde wiedererhielt, genauso hat er uns dazu befähigt, daß wir begreifen, wie sehr es uns selber nach Liebe und nach Raum im Leben für das nach Liebe hungernde Selbst verlangt. Je eher wir diesem Selbst die gleiche Liebe zukommen lassen, die Sie Hans Taaibosch geschenkt und ans Tageslicht gebracht haben, desto eher wird dem Anwachsen der unpersönlichen, konformistischen Kollektivbesessenheit unserer Tage – die sich so fürchterlich ausbreitet, daß sie der Vermehrung uniformer Zellen in einem Krebsgeschwür gleicht – Einhalt geboten werden. Können Sie sehen, wie ziellos und vage das menschliche Leben wird, und daß es keine Einheit, sondern eine lähmende Verallgemeinerung ist, denn es beseitigt die lebenspendenden Unterschiede und versteckt darunter eine schreckliche verstörte Zersetzung des ungeliebten Selbst.

„Ich hoffe, Sie haben bemerkt, daß ich hier mit dem Wort ‚Liebe' am allerwenigsten einen sentimentalen, leichtfertigen oder genießerischen Zustand meine. Vielmehr denke ich vor allem an die Liebe als Akt der Erkenntnis der künftigen Ganzheit, nicht als hirnliches Erkennen, sondern als Erfülltheit durch ein Gewahrwerden, noch ehe sie hervortritt, geladen mit dem Innesein allen Lebens, das je war, ist oder sein wird. Daher fordert sie, daß wir uns selbst erkennen, wie sie uns im vollen Wortsinn nach Ursprung und Bestimmung kennt. Sie fordert, daß wir unser ganzes Selbst erkennen und die Verantwortung dafür übernehmen, ohne Furcht und ohne einem Teilstück den Vorzug zu geben, und daß wir dies zu unserer ersten und dringlichsten Aufgabe machen. Sie hinwiederum wird alles weitere tun. Das ist genau der Grund, davon bin ich überzeugt, weshalb Hans Taaibosch Ihnen soviel bedeutet, und er und sein Volk mir, denn sie sind ein Spiegel, in dem sich ein bedrohlicher Bereich des Unrechtes und der Gleichgültigkeit in uns, unserer Kultur und Gesellschaft widerspiegelt. Sonst hätten wir uns seiner nicht so sehr annehmen können und müßten uns nicht auch fernerhin seiner annehmen – denn auch wir sind dazu geboren, zu treuen Untertanen der gebietenden Liebe erzogen zu werden, die ganz durch uns gelebt zu werden fordert."

SELTSAMES JERUSALEM

Genau weiß ich es nicht mehr, so lange liegt es jetzt zurück, aber ich glaube, mit Worten dieser Art schlossen wir unsere Betrachtungen über Empfängnis, Geburt, Leben, Tod und Auferstehung des verschwundenen und obskuren Hans Taaibosch. Nichts über ihn steht in den Annalen seines Landes und im Gedächtnis seines Volkes aufgezeichnet, wie ich in den folgenden Jahren nach langer eingehender Suche feststellen sollte. Alle die Stätten, die ihn doch einmal so gut gekannt haben müssen, wußten nichts mehr von ihm, bewahrten keinerlei Erinnerung an ihn. Und doch sollten zwei wichtige Fakten ans Licht kommen. Sie gingen zurück auf etwas, das mir diese Frau zuletzt beim Abschied gesagt hatte.

Es war eine einzige, schlichte Bitte, doch dringlich genug, mir zum Befehl zu werden. Als ich sie auf die Straße hinausbegleitete, um ein Taxi für sie zu suchen, standen wir eine Weile nebeneinander und blickten die von ungewöhnlichem Verkehr erfüllte breite Avenue hinauf und hinab. Den Nachthimmel, den wir winterklar und sternenübersät über uns wußten, konnten wir leider nicht sehen, denn wir befanden uns tief am Boden eines Canyons zwischen den ragenden Gipfeln aus Glas und Stahl in der Gebirgskette der City von New York. Wir sahen, wie tapfer die weihnachtliche Illumination inmitten dieser weltlichen Umgebung mit ihren gebieterischen Proportionen an ihrem nicht-weltlichen Ziel festhielt. Es griff mir gleich ans Herz. Zuerst meinte ich, es läge an den zahlreichen und in mancherlei Hinsicht sehr besonderen Assoziationen, die ich mit dem bevorstehenden Ereignis verband. Doch ich erkannte bald, daß meine Reaktion mehr zu sagen hatte als je zuvor. Ein neues Element war aufgetaucht, das alles beherrschte. Es war einfach dies: wenn die Geburt des Frühlings in der dunkelsten Stunde des Jahres mit der Wiedergeburt des Prinzips der Liebe vor zweitausend Jahren zusammenfällt und so die Zeit durch ihren Charakter und ihre eigene Bewegung ihr Wachstum verstärkt und daraus auch einen Frühling im Geist des Menschen schafft, so daß sie für genügend Leute soviel Bedeutung gewinnt, daß sie die Riesenstadt dazu bringen, das Geschehen mit soviel Licht zu feiern, dann habe ich damals dem ins Herz geblickt, was für Hans Taaibosch sein Jerusalem gewesen war.

Gleich darauf, als ich sie zu ihrem Taxi führte, richtete sie an mich mit leiser eindringlicher Stimme eine Bitte; sie dachte – bezeichnend für sie – nicht an sich und ihre Gefühle, sondern immer noch an jenes schutzlose Fragment des Sinnbildes erbarmungswürdigen Seins, das in so sonderbarer Verkleidung auf der Suche nach Liebe in ihr Leben getreten war und für eine Weile als einen der vielen Namen, unter denen es Obdach gesucht hat, den von Hans Taaibosch angenommen hatte. Sie bat: „Bitte, versprechen Sie mir, der Wüste die liebenden Grüße von Hans Taaibosch auszurichten, wenn sie im Neuen Jahre wieder hingehen?"

Ich versprach es, und bei allem Tumult meiner Abreise und meines Fluges nach Hause, wo ich das Fest mit meiner Familie feiern wollte, stand für mich dies Versprechen obenan. Ich dachte daran, als uns gegen Ende des Tages unserer Trennung die Nacht mächtig entgegenflog. Ich saß und preßte mein Gesicht gegen die Scheibe: ich sah, wie Stern um Stern so voll und klar und scharf umrissen, wie ich sie nie zuvor gesehen hatte, aufging, bis am Himmel fast kein Platz mehr zu sein schien; und alle Sterne, allesamt, ohne Ausnahme, schienen zu beben und zu zittern, als tanzten sie auf dem ganzen glatten schwarzen Himmelsboden im Takt einen der Tänze, die Hans Taaibosch getanzt hatte – den Tanz des großen Hungers.

Und als ich ihnen so Stunde um Stunde zusah, wurde ich einer anderen Ebene gewahr, an die wir, diese Frau und ich, noch nicht gedacht hatten – die der Dankbarkeit gegenüber dem Leben, die einen überströmt, wenn man aufs neue erfährt, daß dies Mysterium der Liebe stets und immerdar zugegen ist, als sei sie Treuhänder in unserem Fleisch und Blut. Denn eine solche Dankbarkeit durchströmte mich ohne mein Zutun von innen und gab mir ein derartiges Gefühl der Zugehörigkeit und der Teilhabe an Bewegung und Wandel der Sterne, daß ich vom Licht innerer Gewißheit wie geblendet war. Ich war durchdrungen von einem über allen Zweifel erhabenen Wissen: lange bevor an uns gedacht oder es überhaupt einen Begriff von uns gab, lange bevor die Sterne geschaffen wurden, war schon alles geliebt; und mag die Form, in der das in irgendeinem gegebenen Augenblick Ausdruck fand, noch so vorläufig und unzulänglich gewesen sein, mag der unvermeidliche Auflösungsvorgang noch so erbarmungslos erscheinen – alles wird ebenso sorgsam, liebend und zärtlich, wie es zu Beginn geschaffen wurde, wieder entformt, die Sternenwelt zunichte gemacht und das Universum aufgelöst: denn im Augenblick des Zunichtewerdens, der Entformung und Auflösung wird alles wiedergeboren und umgeschaffen werden in einen höheren Ausdruck der Liebe, die unser Ursprung und Ziel ist.

Ich weiß noch, daß diese Dankbarkeit und das Gefühl der Begnadung, das sie erweckte, mich zu Tränen bewegte, und ich dabei daran dachte, wie bedeutungsvoll die letzte in der langen von mir erwähnten Reihe von Koinzidenzen gewesen war und daß ich gerade in diesem Augenblick gen Osten flog, aus dem der neue Morgen aufsteigen würde. Als sei es ein Teil der tieferen Bedeutung, die von der ersten dies alles auslösenden Ursache mit alldem beabsichtigt war, was an Erfahrung nun hinter mir lag, brachte mir diese letzte Koinzidenz einen Vorfall aus der Entwicklung der Mantis in Erinnerung – des Gottes von Hans Taaibosch. Nachdem einer ihrer größten Träume die Gottheit und ihre Familie bei einer gefährlichen Begegnung mit dem Bösen – in den titanischen Proportionen eines Elementes, das Hans Taaiboschs Volk den ‚Alleszerstörer' nennt – vor der Auslöschung bewahrt hatte, da scharte die Mantis ihre seltsame kleine Sippe dicht um sich. Noch erschüttert davon, daß sie ihrer Vernichtung mit knapper Not entronnen waren, schauten sie umher und erblickten das hohe, büschelgeschmückte grüngoldene Gras eines unermeßlichen Kalaharisommers, durchweht und seidig durchschattet von frisch aufgekommenem Wind – dem Wind, der immerdar Träger des Bildes des Geistes ist auf der Suche nach der Sinngebung, die wir Liebe nennen. Und auch dieser Wind wehte von Osten. Sogleich, wußten sie alle, wie die Letzten aus Hans Taaiboschs Volk es mir erzählt haben, daß das Träumen der Mantis sie nicht im Stiche gelassen hatte: aus ihren Herzen wich die Furcht und die Tränen der Trübsal waren getrocknet.

Und auf diese und manch andere Weise verblieb mir, während einer Reihe langer Reisen, die mich schließlich in das Herz der Wüste zurückführten, das Gefühl, der Überbringer einer Botschaft der Liebe von Hans Taaibosch zu sein. Und obwohl ich, wie gesagt, von ihm keine Spur, keinen Schatten der Erinnerung mehr gefunden habe, entdeckte ich, daß der ganze von früher doch so vertraute Schauplatz mir verändert vorkam, weil ich den Gedanken seiner Liebe in mir trug, wie die Frau, die ihn geliebt hatte, es mir aufgetragen hatte. Mir war, als sähe ich alles mit offeneren Augen und weiterem Blick, so wie es einem geschieht, wenn man eine Landschaft – und mag sie einem noch so vertraut sein – wiedererblickt, nachdem man gesehen hat, wie ein neuer großer und hochbegabter Maler sie wiedergegeben hat. Man fühlt sich beschämt und ein wenig gekränkt, zu bemerken, eines wie geringen Wechsels des Blickpunktes unserer widerspenstigen Sinne es bedarf, um uns zu einem solchen Reichtum an Form, Farbe, Rhythmus bei einem scheinbar so lang schon ausgeschöpften Anblick zu verhelfen.

Selbst ich, dem die Wüste keine entleerte Wirklichkeit ist und der immer eine unerklärliche und unaussprechliche Liebe für sie gehegt hat, war von der Veränderung überwältigt, und mir wurde deutlich, daß allem Anschein des Gegenteiles zum Trotz ich nie geahnt hatte, daß auch sie in der Fülle der Liebe vorgeformt gewesen war, lange ehe sie erschaffen oder Hans Taaibosch geboren wurde. Vorgeformt zudem auf eine Weise, die aus ihr etwas wie einen Zufluchtsort für eine erste Betätigung der Liebe gemacht hat, wo eines ihrer wesentlichen Elemente am Leben erhalten werden kann, und sei es auch nur in der unwahrscheinlichen Gestalt eines Insektes wie der Mantis und ihrer rätselhaften Gefährten, den Vögeln, Säugetieren und dem Regenbogen, damit sie die letzte Glut hüten: wenn sich ihr die Welt draußen, die sonst mit allem versehen ist, versagt, kann sie dorthin zurückkehren, und dort findet sie die Mittel, mit denen sie das Feuer wieder entfachen kann; und in einem solchen oder ähnlichen Bild ist der Ursinn und Urzweck eines Ödlandes verborgen – eines Ödlandes nicht nur in der physischen Welt, sondern auch im Geiste des Menschen.

Ja, mir war, als ich stellvertretend für Hans Taaibosch die Botschaft seiner Liebe aus einer großen Stadt, die von ihr nichts weiß, in die Wüste brachte, als gewänne ich – mit dem Blick auf die sommerlichen Gewitterwolken, die wie Monumente und Türme und Zinnen aus Marmor hoch in das zitternde Blau aufragten – die feste Zusage, daß der Garten des Anbeginns, so weit verloren er auch hinter uns liegt, durch die Liebe wiedergewonnen und die Wüste, zu der wir ihn gemacht haben, erlöst werden kann. Als nach der Nacht der erste Regen fiel – der Regen, der für immer das Sinnbild der tätigen Liebe ist, als die riesige ausgedörrte Erde, bislang dem Stiefkind Aschenbrödel gleich, empfing und in wenigen Tagen verwandelt war durch das neue Leben von Gras, Blumen und knospendem Gedörn und widerhallte vom Summen der Honig sammelnden Bienen und vom Gesang der Nester bauenden Vögel, da vermeinte ich, in meinem Lebensumlauf auf Erden noch nie eine größere Bekundung der Schönheit erblickt zu haben, und wie niemals zuvor erkannte ich, daß es in der Natur und im Menschen keine größere

Schönheit gibt als die des Verkannten und Verworfenen – wiederentdeckt und zum Wachstum erlöst durch die Liebe.

Darum wende ich mich bis zum heutigen Tag, wenn immer mich Zweifel befallen, all dem hier Erzählten zu, wie sich ein Seemann in einer Sturmnacht seinem Kompaß zuwendet, und finde in diesem magnetischen Zeugnis für die unentrinnbare Verfolgung und verwandelnde Kraft der Liebe meine Orientierung und vergesse dabei nicht, daß all dies nicht möglich geworden wäre, wenn die Gottesanbeterin, selbst eine große Träumerin, nicht einer schlafenden Frau erschienen wäre; und vor allem erinnere ich mich dabei, wie unbeirrbar der von diesen beiden Träumern geträumte Traum mich zu der Entdeckung geführt hat, daß hier sich die Kraft der Liebe in der Wüste einer modernen Stadt manifestiert hat – so rein und überzeugend, daß ich mich schon von meinem Beruf her gedrängt gefühlt habe, es alles aufzuschreiben, als Denkmal für die Träumerin, den Traum und die Menschen, die ihn entgegen der ganzen unwahrscheinlichen Übermacht unseres verzweifelten Tages gelebt haben – allein um der Liebe willen.

Weitere Bücher von
Laurens van der Post

Vorstoß ins Innere

Alexander Michaeljohn

Trennender Schatten

Flamingofeder

Das dunkle Auge
Afrikas

Die verlorene Welt der
Kalahari

Das Herz des kleinen Jägers

Rußland, Antlitz aus vielen Gesichtern

Der Jäger und der Wal

Die Nacht des Neuen Mondes

Wenn Stern auf Stern aus der Milchstraße fällt

Durchs große Durstland müßt ihr ziehn